Mínima de butxaca, 10

L'HOME QUE ES VA PERDRE

FRANCESC TRABAL

L'HOME QUE ES VA PERDRE

EDICIONS DELS QUADERNS CREMA

Publicat per Quaderns Crema
Vallcorba, editor
F. Valls i Taberner, 8 baixos – 08006 Barcelona
(93) 212 87 66 – 212 38 08

ISBN: 84.85704-25-8
Dipòsit legal: B. 5.266-1988
Imprès per Diagràfic, S.A.
Relligat per Flama, S.A.

1a. edició: març del 1982
1a. reimpressió: juny del 1984
2a. reimpressió: octubre del 1985
3a. reimpressió: febrer del 1988

TAULA

A

Antoinette Bordesvieilles

I

«Estimat Lluís: Decididament, el papà, al Cel sia, tenia raó: estava escrit que entestar-nos a creure que ens arribaríem a casar tu i jo era una temeritat. L'escena de la corbata, d'abans d'ahir, ha aconseguit fer-me veure clar tot el que no m'havien pogut revelar els dos anys de festeig amb tu. Així, he decidit deixar-ho córrer tot, tornar-te la llibertat i recobrar la meva. Més val. Ni tu serveixes per home casat, ni jo per dona casada amb tu. No ho provem, doncs, si ja sabem per endavant què ens espera. Quedem amics. El temps que hem passat tan a la vora l'un de l'altre ens deixarà segurament un bon record que mai més morirà en nosaltres, i el no veure'ns més (això t'ho demano de tot cor) farà que acabem per perdre aquesta petita atracció mútua que ens empenyia fins ara. Si no ens veiem més, encara ens estimarem una mica, i això és, en definitiva, l'única cosa que, anant bé, podíem anar a buscar en el nostre casament. Estimat Lluís, estic segura que quan t'haurà passat la indignació veuràs que tinc raó i això mateix et decidirà a guardar-me, com ara jo a tu, una gran simpatia. És una llàstima que no ens puguem casar: ets tan bo, tan intel·ligent, tan agradable... Què hi farem! Anàvem equivocats. Que siguis ben feliç, que jo també procuraré d'ésser-ho, i, per darrera vegada, adéu. No deuràs trobar indelicat que et torni l'anell, damunt el qual, com a testimoni d'amistat, deixo l'últim bes que t'hauré fet en ma vida. Adéu, Lluís.

Sílvia.»

Lluís Frederic llegí per segona vegada aquesta lletra i encara posà més la cara desesmada. El to de Sílvia era rotund. «Anàvem equivocats.» «És una llàstima que no ens puguem casar.» «Ni tu serveixes per home casat ni jo per dona casada amb tu.» Definitiu. Sílvia no era dona per haver escrit aquesta lletra amb l'intent de cercar una reacció teatral, dramàtica. Altrament, la cosa no era pas tal com ella deia. L'escena de la corbata devia fer-la decidir, però ja feia temps que hi havia la mar agitada. En fi, no hi hauria res a fer.

—Hi ha el senyor Rissec... (s'havia obert la porta de les oficines).

—Deixa'm estar.

—Segurament no em renyarà si li recordo que va ésser vostè qui el va fer avisar.

—Excusa-m'hi. M'és impossible ara.

Lluís Frederic, amb la vista encantada damunt la taula, deixava que les idees giravoltessin dintre seu com en un calidoscopi mogut molt lentament i desfocat. Sílvia no renunciaria a la seva decisió. Lluís Frederic era xuclat per aquesta idea dominant-ne d'altres, i experimentà la sensació d'una mena de vertigen engolidor que l'estimbava més avall que si anés en una vagoneta de muntanyes russes de parc d'atraccions. Un ensopiment fangós el prengué i quedà immòbil una llarga estona, al marge absolutament de tot ordre de temps.

—¿El senyor Lluís Frederic desitja alguna cosa?

(Però el senyor Lluís Frederic romania immòbil, amb el cap amagat entre les mans, insensible.)

—¿Potser es troba indisposat?

(El vell caixer s'acostà a la taula i tustà lleument el braç de Lluís, qui es desvetllà i es passà una mà per la cara, llargament.)

—¿Desitja que li porti alguna cosa?

—No, Tomàs. No tinc res.

—Potser no està bé que em faci pesat; però, avui, vostè no es troba pas bé com els altres dies.

—Tens raó. Sí. Efectivament, no estic bé com els altres dies, però no pots fer-hi res. Ni jo. Ni ningú.

—Dispensi.

—Ni ningú, Tomàs. Estic desesperat.

—M'ha semblat endevinar alguna cosa.

—És terrible. L'única il·lusió de la meva vida, la il·lusió més forta que he tingut i que he sentit acaba de fer-se a miques.

—¿Ha passat alguna cosa a la senyoreta Sílvia?

—La meva raó de viure... Sí i no. Llegeix aquesta carta. I té raó! Jo no serveixo per casat. No sabria fer-la feliç. No conec aquestes coses. ¿Per què he viscut aquí dintre? ¿Què puc fer de tot això ara? ¿Per qui serà, què haig de fer, per què no me n'adonava?

Tomàs ha llegit les ratlles de Sílvia i no gosa fer-hi cap comentari.

—¿Què haig de fer ara? Digues, ¿què puc fer?

—¿Però vostè creu que això no és remeiable?

—Ah, no! Absolutament. No hi ha res a fer. Quan ella ha decidit escriure'm això, és que ho ha pensat molt de temps. És ridícul intentar res ara. La conec prou. Fóra tot inútil. I jo, sense ella, ¿què haig de fer? ¿Com puc tornar a tenir delit per treballar, per fer diners, per fer alguna cosa? Tota la meva joventut enterrada entre els ferros. Tu ho saps prou, Tomàs, que fa tants anys que ets entre nosaltres. Si quan morí el meu pare jo hagués fet la meva joventut, en lloc de voler augmentar la importància de casa nostra, que aleshores ja en tenia ben bé prou per retirar-me tranquil·lament, potser ara fóra ja casat, i viuria feliç amb una doneta que m'estimaria molt, com fa tota la gent, com fa tothom, com has fet tu, Tomàs, i bé ets feliç, bé ets més feliç que jo, malgrat les meves riqueses. Trenta-cinc anys enterrats sota aquest diner que... ¿ara per què m'ha de servir? ¿Ho comprens com és tràgic això? Jo, que no he fet altra vida que la del treball, que la de divertir-me entre aquest món reduït del negoci, que no he sabut divertir-me en tot allò que diverteix els altres, que si alguna nit he volgut incorporar-me a la vida dels amics meus, m'hi he trobat desplaçat, i m'hi he fastiguejat i l'endemà m'he aferrat encara amb més fúria als problemes d'aquí; si fins ara no he sabut lligar la meva vida als engranatges que fan voltar la vida de tothom, ¿com vols que ara pugui intentar-ho? I quedar-me aquí de nou, ¿per què? Tot sol, ¿per què haig d'apilar més diners? ¿I per què haig d'enterrar-me dins aquestes parets que d'aquí endavant em semblaran una tomba?

—Potser amb el temps...

—El temps! Què llarg que ara em deurà semblar! M'han passat trenta-cinc anys sense adonar-me'n, però ara cada segon em semblarà trenta-cinc anys! I després, que jo la vull, Sílvia. Me l'estimo. La necessito per poder viure. No ho dic pas per poder acariciar-la, per poder tenir-la a la falda. No n'he sabut mai; però és que Sílvia era la meva vida. És cert que en tot el dia jo no estava un minut parat, treballant sempre. Però era ella qui em feia treballar. La duia dintre meu tothora i no hi havia un instant de cap dia que no deixés de tenir-la amb mi, ¿m'entens? No la necessito pas per contemplar-la, per poder dormir amb ella. Fuig! Mai no he tingut aquest desig. L'he considerada com una cosa immaterial, com el tot, com la meva raó de moure'm i de viure. Sense ella, ara, doncs, ¿com quedo jo? ¿Qui sóc jo? ¿Qui m'ha de manar? Sóc com un sense feina ara, em fa l'efecte que em trobo al mig del carrer amb les mans a les butxaques. ¿Cap on haig d'anar? ¿Què faré a casa, aquí, treballar per vosaltres? ¿Pel *negoci*? ¿Què és el *negoci*, tot sol, i per qui és?

—...És clar.

—I tan clar, Tomàs! Fins ara estava encegat; però, en aquest moment, no puc veure-hi més clar: d'un cop, sento que m'he acabat, que la meva vida ja ha passat, que sóc una desferra, que no serveixo per res, i que hauré de passar els anys que Déu hagi destinat tenir-me en aquesta terra com una boira baixa que només fa nosa a tot arreu...

—De totes maneres, vostè és molt jove.

—Molt jove. Però si no n'he estat mai de jove! ¿Vols que ara me'n torni? ¿T'imagines que ara em dediqui a una vida de jove? ¿Que cerqui dones, festes, diversions...? ¿per què? ¿Per donar publicitat a la meva desesperació? ¿Per mostrar-me idiota? ¿I t'imagines que algun dia pugui tornar-me a enamorar? ¿Jo? ¿De qui, i de què? Si tant se me'n dóna, tot!

Una nova pausa i un gran silenci seguiren aquestes paraules de Lluís Frederic, fins que el so del rellotge de paret vibrà pel despatx.

—¿Les nou?

—Sí, senyor. Les nou.

—¿Per què no marxes, doncs? ¿Per què t'has quedat?

—Ni me n'havia adonat.

—Vés, vés, Tomàs, i gràcies. M'has ajudat a desfogar-me.

—Si vol l'acompanyaré...

—Escolta, penso una cosa: tu has treballat tant com

jo, a casa. El meu pare t'havia estimat molt. ¿Vols co-tinuar el negoci?

—Faré el que vostè em mani.

—No, vull dir si vols fer-te càrrec de tot això. Tu sol. Sense jo, vaja. Si vols, queda't amb la casa.

—Avui està massa preocupat per parlar d'això, senyor Lluís.

—No ho estic gens ja. Mira, és el millor que podem fer: jo me n'aniré a viure tranquil, no sé on, lluny o prop, no ho sé, i tu continues amb tot això. El que em sabria greu és veure que cau; amb tu estic segur que la casa Picàbia, que aquesta casa que fundà el meu avi, seguirà endavant cada dia encara. La resta, ¿com pot interessar-me?

—Demà segurament no veurà la necessitat d'aquesta decisió. No parlem d'això, i veurà com d'aquí a uns quants dies les coses hauran canviat.

II

El vell caixer de la casa Picàbia, En Tomàs Gombau, no ho endevinà pas. Les coses no canviaren gota, sinó al revés. D'ençà d'aquella escena, Lluís Frederic Picàbia s'obstinà cada dia més a abandonar el món industrial en el qual havia viscut fins aleshores i la casa Picàbia passà a mans del caixer Gombau, per al qual Lluís Frederic sentí sempre un veritable afecte i ara li ho pogué demostrar fent unes condicions de successió extraordinàriament avantatjoses. En Gombau tenia dos fills, un noi i una noia, i per ells fou que es decidí a acceptar la proposició de Lluís Frederic, la qual cosa altrament li hauria semblat poc delicada.

Passaren uns quants dies de veritable calvari per a Lluís Frederic, lligant tots els caps que amb el traspàs calia deixar ben lligats, i així que se'n trobà lliure, féu preparar les maletes i emprengué un viatge.

No trigà, però, a trencar-lo: quan havia deixat al seu darrera tota la Itàlia, embafat de tuf i cansat de catedrals, i anava camí de Lausanne, on volia reposar una temporada, recolzat en el respatller de la butaca d'un vagó visiblement untat dels llustre de mil sabates, llegí d'esma ran el vidre d'una finestreta de l'altra banda del passadís: «E pericoloso sporgersi» i més avall arribà a confegir: «Porte de sortie sur la voie.»

Una guspira esclatà al seu voltant en llegir aquests rètols, però l'entrada vertiginosa del tren al Simplon li tornà immediatament la pau: no, fóra insensat de tacar Sílvia amb sang de suïcida. I intentà de dormir.

Sense son, en lloc de dormir, es lliurà als somnis, i somnià amb els ulls oberts durant hores i hores. El sol es despertà en sentir la fredor del llac Leman, i Lluís Frederic encara somniava. Ella, ella el seguia per tot arreu, se li asseia al costat en l'automòbil, en el tren, pujava les escales dels Duomi amb ell, prenien junts els cafès i el sol, i la seva veu era més forta que els crits del públic en les carreres de cavalls «al galoppo». Sol, en el departament del tren, Lluís Frederic era menjat només que pels ulls d'ella, i Montreux amb la seva voluptat, obrint-se-li als peus radiant de sol i amarat de la rosada de l'alba, no podia fer-li moure la vista fixa, encantada. Lluny de Sílvia, Lluís Frederic comprenia bé que la tenia encara més a la vora. Lluny de Barcelona, Lluís Frederic només se n'havia endut Sílvia i fins aleshores havia fet el viatge amb ella i caldria que l'hi acabés, anés on anés i durés el temps que fos. Amb Sílvia havia marxat, amb Sílvia tornaria. Cap més record, cap altra idea en la maleta. Ell i Sílvia. ¿Per què continuar? Si ell havia marxat per oblidar, per distreure's, ¿com no se li havia acudit abans deixar Sílvia a Barcelona? I, si quan arribés a Lausanne persistia a parar-se, ¿no fóra Sílvia qui l'ajudaria a baixar el bagatge del tren, i amb ell pujaria en un cotxe, i amb ell aniria a l'Hotel, i amb ell romandria una temporada ran del llac evocador de delícies?

Lluís Frederic no baixà a Lausanne, per on passà somniant alt encara, i quan es despertà tancà els ulls una llarga estona i es trobà sol per primera vegada, i s'hi trobà bé, i reposà així fins qui sap on...

Més tard s'havia resolt ben bé tots els dubtes: tornaria de seguida a casa. Tornaria a Barcelona, encetaria una nova vida, es reintegraria a la vida normal en braços dels amics i d'iniciatives alienes. Segurament que el sol a través dels arbres de la Rambla de Barcelona no li reflectiria la faç de la seva estimada d'una manera tan viva com el sol de Suïssa ni com el sol aplanat damunt la butaca d'aquell vagó condemnat a lliscar tota la vida per damunt de dues vies paral·leles.

I Lluís Frederic tornà a Barcelona, i, de moment, en arribar a casa seva, sentí una infinita alegria. Es trobava alliberat d'una pila de noses, i semblava que acabés de recobrar una llibertat que ja creia perduda. Somreia a les serventes, estrenyé la mà del porter, donà un tomb pel jardí, i es complagué a estirar-se en el gronxador de la glorieta. L'aire net entre els arbres i el retrobament d'un llibre volgut, d'una corbata oblidada, del gos content, li donaren deu mil alegries insospitades i sentí per un instant que la vida encara li era agradable i segurament podria ésser-li bella, atractiva, d'una felicitat fàcil. Al matí la dutxa li treia totes les lleganyes sentimentals, al migdia múltiples coses minúscules el distreien, a la tarda un amic, un passeig, un llibre li guanyava el temps, i al vespre la tabola joiosa dels companys, al voltant d'una taula, i d'amigues inèdites, li preparaven nits de tota mena. Li semblava que en pocs dies havien passat dos anys i Sílvia el seguia a certa distància, visiblement desfocada...

Però això durà cosa de dies, de setmanes. Si era veritat que experimentava un canvi insospitat, també ho era que la intensitat d'aquest nou viure li impedí de veure que tot just feia poques setmanes que durava i ja començava a fatigar-se'n. En efecte; aviat suprimí les expansions afectuoses dels vespres. Els companys són irresistibles quan certes intimitats esdevenen massa quotidianes, i els llibres i els teatres i les passejades acabaren per semblar-li càstigs massa monòtons per ésser suportables.

Feia dos mesos que Lluís Frederic havia tornat a Barcelona i ja reveia la seva vida closa. Davant seu s'havia tornat a aixecar un mur altíssim i ample, que no s'acabava mai, i era inútil entestar-se a iniciar una lluita a cops de cap. Un dels pocs consols era el llit. Dormir. Dormir inacabablement. Hi havia dies que dormia tretze hores. Aquest nou ordre de vida contribuiria evidentment a un nou canvi de coses: un dia sota la dutxa Lluís Frederic s'adonà que s'iniciava una petita volta en el seu cos: el ventre perfilava un lleu sacsó que li dugué repentinament a la memòria múltiples anuncis incerts de faixes higièniques per no criar panxa. Això l'esgarrifà més que la fredor de l'aigua, i, quan sortí aquell dia al carrer, anà de dret a una casa d'articles d'esport i adquirí tot un equip de gimnàstica, es féu soci de tres o quatre entitats esportives i cada dia es lliurà al tennis, i anà a Sant Cugat a jugar al golf, i adquirí un formidable roadster Cadillac, al qual seguiren deu o dotze canvis amb altres marques, fins que... també el tedi i la neurastènia el tornaren a prendre. Feia cinc mesos que havia deixat la fàbrica i li semblava que feia cinc mil anys. Alguna vegada En Tomàs anava a veure'l, i cada una d'aquestes vegades li feia l'efecte que era un espectre qui el visitava. Havia oblidat definitivament la fàbrica, i Sílvia s'havia anat allunyant de prop seu, deixant només una sensació de nebulositat al seu pobre esperit desballestat; però la vida se li feia cada dia més basardosa, més dura, més difícil, més enganxosa. —Què haig de fer! Què haig de fer! —deia sovint al Tomàs, o a si mateix, o a un gran gerro de faiança, i sentia que tot li queia damunt per única resposta, i, encara, li queia damunt sense fer-se malbé res, sense gota de trencadissa. Li queia tot damunt; però, quan tornava a obrir els ulls, tot ja tornava a ésser al seu lloc, i res no li havia fet mal, ni res no s'havia trencat. I el silenci, l'ordre, tornava a imperar en la cambra.

Hauria volgut plorar, hauria volgut botre, hauria volgut reposar, i res no podia aconseguir de totes aquestes quimeres. Lluís Frederic estava a punt, evidentment, d'agafar una neurastènia que qui sap com hauria acabat.

Sense amics, sense família, sense cap dèria, sense records, només amb una joventut impetuosa dintre seu rebolcant-se per trobar una fugida, Lluís Frederic es veia ell mateix com una mena de monstre de museu, una mena d'objecte rar, únic dins el museu que era la seva casa. Un museu per a una peça sola. I sense ningú que sentís curiositat per veure-la. De vegades sentia que els seus nervis li fugien, no sabia pas on anaven, devien esbravar-se tots sols fora d'ell i després tornaven a entrar-li pels dits de les mans crispades i per les puntes dels cabells que més que atreure llamps volien llançar-ne.

I això feia témer els servents que el voltaven, els quals eren els únics que descobrien l'estat de Lluís Frederic, que, de seguir així, irremissiblement perdria el cervell. I ho advertiren a Tomàs Gombau, successor de Picàbia, al qual faltaren hores per córrer a veure el seu amic, que trobà que sortia de casa, i junts anaren a fer una petita caminada. Discretament li preparà el seu projecte, que no era sinó insinuar-li el reingrés a la casa, fent-li veure que havia nascut per fer quelcom i que el nom de Picàbia era vivent encara i podria donar-li una nova abrivada admirable.

Quan es deixaren, Lluís Frederic sentia encara les paraules del seu ex-caixer, i, d'esma, s'assegué a la terrassa d'un cafè de Gràcia. Tant fou, però, tornar a la idea de la fàbrica com trobar ran seu altra vegada la cara de Sílvia, projectada com en una gran tela cinematogràfica.

I això l'horroritzà de tal manera, el retrobament de Sílvia l'esgarrifà tant, l'esparverà tant, que, com un foll, s'aixecà i fugí, com si el perseguís un fantasma que intentés aixafar-lo sota una sola de sabata enorme i estrenye'l entre uns braços enfundats en unes mànegues folgades i terribles.

Arribà a casa seva presa d'un violent atac de nervis, i fins després de molta estona no pogué sostreure's als seus efectes. Es sentí la boca amarga i seca i demanà una copa, i després es ficà la mà a la butxaca per buscar-hi un cigarret. Però novament semblà repetir-li l'atac. Sílvia, una vegada, li havia donat una cigarrera d'or que mai no havia deixat de portar damunt seu: era aquest el sol record que guardava amb una il·lusió estranya. I la mà entaforada a la butxaca ara no la trobava. Cercà en va totes les altres butxaques, obrí calaixos, furgà dintre el pensament on l'havia deixada, on l'havia perduda! ON L'HAVIA PERDUDA! I li vingué a la memòria que al cafè on poc abans s'havia assegut havia encès un cigarret.

Com un mal esperit va tornar al cafè, demanà, interrogà un per un cada cambrer, al taulell, el gerent; ningú no havia vist cap cigarrera. Sí, un cambrer li portà una cigarrera suada i de níquel, però ja feia dos dies que havia estat trobada, i no era tampoc aquella. Un altre cambrer li digué que el que ell havia trobat era una lligacama. Un altre...

Però allò no podia quedar així! La cigarrera s'havia de trobar! Calia que sortís! Avisaria la policia, armaria un escàndol, s'hi jugaria la vida, donaria recompenses, regiraria el món, però la cigarrera calia que sortís!

III

La pèrdua d'aquella cigarrera dugué un tràngol nou a la vida de Lluís Frederic. El dia no tenia prou hores. Lluís Frederic organitzà una campanya per arribar a trobar aquell fòtil sentimental. Constantment desplaçava els seus servents, mobilitzà la policia i un exèrcit de detectius, ell mateix es lliurà a investigacions arbitràries i minucioses. Amics seus li trameteren gent de tota mena, professionals quinzenaris, carteristes de tramvia, manipuladors d'hotels, poca-vergonyes autèntics. Cada dia menjava a deshora, si és que podia dir-se menjar el que llençava gola avall, deixava el llit així que es feia clar, freqüentava tota mena de bordells. Els diaris portaven anuncis de tots tamanys, publicà reproduccions fotogràfiques d'un dibuix que ell mateix féu de la cigarrera perduda, hagué de suportar mil desenganys després de mil sobresalts davant de mil portadors de la cigarrera perduda, que cap vegada resultà ésser l'autèntica.

La vida de Lluís Frederic havia sofert un daltabaix. Els dies passaven sense donar-li temps de res. I es multiplicava cada vegada més. De la sortida del sol a encendre's les estrelles no parava. I, quan anava a dormir, la fatiga de tot el dia li pesava barroerament.

Al cap d'un mes d'aquell incident, Lluís Frederic s'adonà que tenia les ungles molt llargues. Al cap de dos mesos, que tenia una cabellera voluminosa. Quan feia tres mesos, rebé una visita d'un agent d'anuncis desconegut.

—Llegeixi aquest diari. (I li mostrà un diari d'un

poble de la costa.) Fixi's aquí, ¿veu? (I li assenyalà aquest avís, redactat evidentment amb certa despreocupació com és normal en els anuncis als diaris.)

Qui acrediti ésser propietari d'una cigarrera aparentment d'or que s'ha trobat, li serà lliurada en aquesta administració.

Dues hores més tard, Lluís Frederic plorava d'alegria en comprovar que aquella cigarrera era la seva, era «la cigarrera». No volgué saber res més, no volgué saber la història de com havia arribat allí, gratificà a tothom, abraçà l'agent desconegut que li havia lliurat el diari, i estrenyé damunt el cor, llargament, infantilment, aquell minúscul objecte que l'havia trasbalsat durant tres mesos.

Tres mesos!

TRES MESOS!

Però, ¿és que realment feia tres mesos que havia perdut allò? ¿I havien passat tres mesos d'ençà d'aleshores?

Els ulls de Lluís Frederic, al contacte d'aquesta idea que havia rebotut com un roc, feien allò de la ràdio de les ones concèntriques (allò de la pedra en un llac), i aviat quedaven ofegats per una mena de rotllanes que feien perdre el món de vista... ¿TRES MESOS?

Tres mesos que havien passat com un ai!, tres mesos que Lluís Frederic no podia recordar com havien passat, què havia fet, en què s'havia entretingut, a què els havia dedicat... Però, al matí, al migdia, ¿què feia? Bé s'havia llevat cada dia ben d'hora... i a la tarda, aquelles tardes enormement llargues, inacabables, de quan havia deixat la fàbrica, i aquells vespres de quan s'encauava amb els companys, que semblaven eternitzar-se... ¿Una cigarrera li havia ocupat tres mesos?

Això començava a ésser un pensament fatigós. Era, tanmateix, inexplicable, idiota, estúpid. I ara que tenia la cigarrera, ¿què? ¿Què en faria, què n'havia de fer, ara? ¿Per què l'havia cercada? ¿Per què, com un foll, li havia hagut d'anar tres mesos al darrera? ¿Per què s'hi havia lliurat amb un ímpetu tan insensat?

Tot un dia es passà, aleshores, Lluís Frederic, sense poder treure's del cap aquesta idea sola: tres mesos al darrera d'allò!

Però, entremig, com més anava pensant-hi, més anava perfilant-se dintre seu una idea que, si bé era encara desdibuixada, prenia forma i segurament una hora o altra brollaria arrodonida, amb personalitat, amb volum, amb carn i ossos.

—¿I si la tornés a perdre?

Ja està. Com una bala, inesperadament, inconscientment, sense control, la idea havia sortit i ara flotava per l'espai majestuosament i bella com una bomba de colors, que esclata així que una agulla la toca, com la rialla en què Frederic esclatà tot sol, foll davant la monstruositat temptadora que acabava de veure inflar davant seu:

«—¿I si la tornés a perdre?

»¿I si perdés una altra cosa?

»¿I si perdés altres coses?

»Perdre, perdre, PERDRE!

»I després trobar-ho. Trobar-ho tot. Perdre i trobar! Inaudit! Arravatador! Ultraatraient! Perdre i trobar! ¿Qui ho deia que el món és pesat i trist? Perdre i trobar, quin goig la vida, quina meravella aquest món nostre, quina felicitat de viure i viure perdent i trobant coses!

»¿Què puc perdre ara?»

I Lluís Frederic tornà a engrapar la cigarrera, es posà el barret, s'adreçà la corbata i sortí al carrer. Havia caminat tres passes i s'adonà que queien gotes. Tornà a entrar, demanà el paraigua, i amb una cançó als llavis sentí l'esgarrifança d'una nova felicitat, un esclat d'alegria a cada rebot de la pluja, que feia dintre seu com una mena d'arc iris de felicitats inèdites amb reflexos vermells-blaus-groc canari...

IV

La pluja l'obligà a encauar-se. El Club, l'Eqüestre, la sala dels 23 foren, d'antuvi, descartats. I s'entaforà en un cinema. Que en feia de temps que no havia estat en cap sala cinematogràfica! Però, plovent i amb el propòsit que menava les seves passes, ¿què millor que l'obscuritat per aliada?

El cinema era ple i li calgué asseure's entre un matrimoni, visiblement de fora, i una mainadera que tenia cura de tres criatures. Val a dir que aquesta incomoditat mortificà Lluís Frederic i aviat anà al gra. Tan bon punt s'acabà una pel·lícula còmica, en apagar-se novament els llums, tragué la cigarrera, palpà el seient ton amidant-ne l'amplària, prengué el barret i el paraigua, i abandonà llisquívolament, sota l'empar de la fosca, la cigarrera. Però, així que el seient es trobà lliure (era un d'aquells seients amb molla que es tiren amunt quan hom no hi seu) s'esquitllà en l'aire i se sentí un sorollet de quelcom que cau a terra, quan Lluís Frederic ja era al capdamunt del rengle de butaques.

Encara no havia arribat al vestíbul, que, un infant, amb la cara triomfadora, l'estirava per l'americana.

—Miri, senyor: li ha caigut això...

Lluís Frederic no pogué controlar el rubor que li encengué les galtes. Féu una ganyota espantosa que volia ésser afable a l'infant inoportú i servicial, i sortí atropelladament del cinema com si acabés de fer un crim.

Fins al cap d'una estona de caminar a la dula no s'adonà que anava tot moll: plovia a bots i a barrals i duia el paraigua clos. Això el dugué a ficar-se al primer bar que trobà, i es deixà caure en un banc encoixinat, més xop de la suor d'angúnia que de la pluja mateixa...

Per dissimular (es creia que havia de dissimular, puix pressentia que totes les mirades queien damunt seu, quan en realitat ningú no notà la seva arribada) fullejà una revista gràfica que hi havia sobre la taula. El cambrer li serví un doble, i quan passà la reacció operada per la beguda, Lluís Frederic anà revenint-se i esdevingué normalitzat de nou. La idea de perdre la cigarrera tornà, doncs, també a primer terme. L'obsessió continuava. I ara volgué fer les coses bé, volgué assegurar-se de no quedar novament com un drap brut. Ullà les taules veïnes, esperà que un jove que hi havia assegut molt a prop seu, pagués i abandonés el seu escó, observà minuciosament una dama la proximitat amb la qual li valgué esguards de sol·licituds equívoques amb somriures reveladors d'un «comerç» autèntic, indubitable; fins que, en un moment «oportú» (ran la porta del cafè un ciclista havia estat atropellat), pagà i deixà entaforat, entre l'encoixinat del respatller i el seient, el minúscul fòtil. Però el perdé el paraigua:

—Dispensi, ¿no es deixa pas el paraigua? (Un cambrer radiant.)

—Efectivament, moltes gràcies.

I, en prendre el paraigua, com un llamp li vingué la idea de com quedaria ridícul si li descobrien l'altra pèrdua, i, demés del paraigua, prengué *encara* la cigarrera, afectant una precipitació lamentable.

Així que fou a la vorera, topà de nassos amb un tramvia, al qual pujà d'una gambada. Sentia que un tremolor li feia flaquejar les cames, com si anés a tenir una basca. I novament es sentí amarat d'una suor freda i agafatosa.

Si s'hagués escapat a les calces no hauria tingut la vergonya que experimentava íntimament. I només sentia el desig de tornar a casa i deixar-se el bigoti o la barba, tement que mai més no podria anar pel carrer amb el cap alt, ni entrar en cap cinema, ni en cap cafè, de por que tothom se'l mirés com una cosa estranya, incomprensible.

—¿Vol fer el favor?

I allargà d'esma deu cèntims al cobrador, davant el qual enrogí novament com una criatura. El cobrador, la gent, els vidres, les cases, tot li semblava que es reia d'ell i que el prenien per un perfecte estúpid sense solta. No gosava mirar enlloc i el seu esguard, vague, romania immòbil, aturat en els anuncis de l'*Uralita Roviralta* o del *Fosfo-glico-kola.*

Cada mes llegia als diaris els objectes trobats en els tramvies: ¿quina ocasió millor? Hom troba als tramvies i als taxis centenars de coses rares. O aleshores o mai. Al capdavall no costava res, inadvertidament, deixar una cigarrera al seient i, d'un salt, baixar del tramvia. La cosa no podia ésser més fàcil. De més a més, podria baixar del tramvia corrent, és a dir, sense esperar la parada, i així, encara que ho trobessin de seguida, ell ja qui sap on fóra. No és pas de creure que algú baixés furient darrera seu empaitant-lo per dur-li la cigarrera.

En aquell instant, però, el tramvia arribava a una parada de la plaça d'Urquinaona i era assaltat per una gran gentada. Imposible de baixar sense un joc d'empentes. El passadís ple, les plataformes atestades. Paciència. Una mica només de paciència. Al capdavall no tenia pressa de cap mena. Primer baixarien els altres que no pas ell.

L'Arc de Triomf, l'estació de França, un lleu adormiment li cloïa els parpres. Les Drassanes, i es trobà al Paral·lel, amb una mena de mandra. Aleshores era incapaç de fer res ben fet. Ni esma d'executar el programa que s'havia fet, ni en tenia ganes. Finalment, sotraguejat, cansat d'anar en tramvia, «a fora no plovia gens», baixà del tram i l'aire fresc cuità de retornar-lo.

Les escenes del cafè i del cinema se li havien fet llunyaníssimes. Tot ell se sentia, doncs, novament sobre si. Tenia plena consciència dels seus actes. I decidí aleshores donar el cop. Que aquesta vegada fóra decisiu i simple. No calia fer programes, ni complicar projectes. A la primera oportunitat, zas!, ja està. I ja no tindria la cigarrera.

I l'oportunitat vingué en taxi: en travessar un carrer, de què si cau sota les rodes d'un Citroën que es parà davant seu d'una frenada de pronòstic reservat. Bé, ja et tinc. Obrí la porta i es féu dur a casa.

Una vegada a dins, respirant de felicitat, somreia del seu definitiu èxit. Però, encara un pensament el sobtà: no, a casa no, puix si el xòfer la troba serà capaç de tornar-me-la:

—Al Cafè de la Rambla; no, al Savoy.

I el taxi girà de rumb i enfocà el carrer de Pelai. No era cosa de perdre el temps. La cigarrera i a punt.

... ¿Voleu res més extraordinari? ¿On redimoni havia ficat la cigarrera? Regirà totes les butxaques, encengué el llum interior del cotxe, cercà per terra i pel cuiro del seient, tornà a escorcollar cada butxaca, les girà del revés, provà de palpar els folres. Efectivament, la cigarrera no hi era. Però semblava una cosa impossible! Reconstruí mentalment tot el camí que havia fet (arribava al Savoy): —No baixo, no; porti'm a casa —i li digué tal número, carrer tal. Recercà amb el pensament els veïns que havia tingut al tramvia, els llocs per on havia passat a peu. Li semblava que quan estigué a punt d'ésser aixafat pel taxi sentí a l'interior de la butxaca de l'americana el sorollet de la cigarrera...

Es ficà de nou a casa seva, i tot el panorama que havia acariciat aquell dia, el projecte fantàstic de lliurar-se al treball de perdre i trobar, la il·lusió que havia florit dintre seu davant una prometença de delícies inefables, acabava de fondre's darrera la porta, closa dolçament...

Havia perdut, efectivament, la cigarrera!

V

Passà una setmana, dues, tres mesos. La cosa començava d'anar bé: el joc de perdre i trobar prenia forma. Havia perdut la cigarrera, esca del pecat, havia perdut deu paraigües, un rellotge de polsera, una pinta de la seva mare al Cel sia, tres màquines fotogràfiques, divuit bastons, dos monocles, una maleta, quatre impermeables, tretze pipes, tres carteres... No havia passat el temps en va. Coneixia ja totes les delegacions de policia, tots els detectius de Barcelona, un grapat d'agents de vigilància, es deia de tu amb els encarregats de les administracions d'anuncis dels diaris, i s'havia creat amistats, suspectes per qualsevol altra col·laboració que no fos aquesta de recercar cada cosa perduda.

I el joc marxava, perquè de tot el que havia anat perdent durant aquell temps havia retrobat la major part de les coses, o coneixia les pistes de les altres. Menys una màquina fotogràfica i set pipes, que era un veritable calvari de seguir-ne els passos.

La petita experiència d'aquells mesos, no solament l'havia divertit, sinó que cada dia l'apassionava més seguir fins a les darreres conseqüències el procediment. No hauria dit mai que, si és cert que es perden tantes coses d'un cap de setmana a l'altre, se'n retrobessin també tantes! I, sovint, amb una velocitat extraordinària; una de les carteres que havia perdut, al cap d'una hora tornava a tenir-la, després d'haver passat per les mans d'un acomodador, d'una ballarina i d'un groom de confiança; un impermeable li fou tornat, abans de començar cap gestió recuperadora, a través d'un home que venia diaris en una parada de cirabotes, la dona que li duia el dinar, i la filla de la portera de la casa on vivia un policia de la ronda nocturna.

El mecanisme s'havia automatitzat tant, que, en un moure d'ulls, l'objecte perdut evolucionava de l'una banda a l'altra, instintivament, i forces misterioses acabaven per impel·lir-lo novament dins la llar de Lluís Frederic.

De la qual cosa se'n treia la conseqüència que aviat aquell joc acabaria la gràcia si no mirava d'animar-lo. Puix que perdre un anell i, sense un esforç personal divertidor dels lleures quotidians, recuperar-lo com per art d'encantament, no era pas un panorama prometedor de gràcies infinites. I pensà, arrodoní, perfilà un pla una mica més vast, amb una acció decididament més extensa: era qüestió, vaja!, d'eixamplar el camp d'operacions i, sobretot, manipular objectes més temptadors, i actuar, si calia, en pobles més complicats, que bastessin per omplir tota una vida d'activitats en plena potència.

La idea, doncs, que havia nascut amb la mateixa castedat d'un lliri d'aigua, semblava prenyar-se diabòlicament.

Lluís Frederic llogà un pis d'aquells que tenen lletra abans del número i posà una placa a la porta: «*Picàbia*». Arreglà els papers essencials, adquirí unes quantes màquines d'escriure i unes quantes mecanògrafes, sostragué d'una redacció tres repòrters significats, contractà un agent de publicitat, i formalitzà un contracte amb un antiquari del carrer del Bisbe. El seu ímpetu d'antany brollà de nou d'una manera inesperada. Amb vuit dies havia aconseguit muntar unes oficines amb les quals el mateix hauria pogut embrancar-se amb èxit en un negoci de banca que en la venda a l'engròs de remolatxa, que en l'exportació de teixits de llana. Unes oficines noves de trinca, preparades per treballar en el que fos, en el que convingués, en el que reclamés la primera veu ordenadora.

Cada dia, Lluís Frederic arribava al despatx a les set del matí, abans que hi arribessin els dependents i que acabés la neteja la gent encarregada. Es tancava a la direcció fins al migdia, i a un quart o dos d'una sortia d'una revolada:

—Ja poden plegar. Fins a la tarda.

I partia, preocupat, sense dir un mot a ningú ni fer cas de l'astorament ja habitual dels altres. Als tres dies, una mecanògrafa no ho veié clar i plegà en sec, d'esverada. D'esverada de veure que feia tres dies que anava al despatx i encara no se li havia ordenat absolutament res. Quan Lluís Frederic ho sabé, féu una ganyota de disgust i ordenà que immediatament fossin contractades dues mecanògrafes noves.

Al cap de deu dies, la porta de la Direcció s'obrí com si fos empesa per un fantasma i eixí una veu que digué:

—La senyoreta Virgili.

La senyoreta Virgili, una de les mecanògrafes antigues, entrà al despatx de la Direcció, i la porta es clogué darrera seu. La dependència quedà com atarantada i ningú no tingué esma per dir un mot. Immediatament, al cap de dos minuts, la senyoreta Virgili sortí de nou, i, posant-se el capell, preguntà als seus amics d'oficina:

—El carrer d'Assaonadors, ¿sabeu on és?

Multitud de detalls li foren facilitats, i la mecanògrafa desaparegué, dient simplement:

—Ja torno.

Era la primera ordre que l'amo donava a la dependència. Ningú no havia fet res absolutament, fins a aquell moment, d'ençà que havien ingressat a la casa. Aquell primer acte, ¿seria la posada en marxa? ¿O fóra simplement un parèntesi a la vida paradisíaca que hom fruïa en aquell pis?

Molt aviat, però, es resolgué la incògnita. La senyoreta Virgili partia a les quatre, i a les cinc de la mateixa tarda tornava a obrir-se la porta de la Direcció:

—¿La senyoreta Virgili no ha tornat?

—No, senyor!

—No, senyor!

—No, senyor!

—No, senyor!

—No, senyor!

I la porta es clogué.

Arribaren les sis, i de nou hom demanà si havia arribat la mecanògrafa. L'amo sortí, aleshores, del seu despatx i ordenà als tres ex-repòrters que cuitessin a cercar-la al número tal del carrer d'Assaonadors, on tan sols havia de deixar-hi una tarja.

Amb els tres ex-repòrters sortí, d'esquitllentes, una altra mecanògrafa, jurant per tots els déus mortals que més aviat cauria el cel que no pas ella romandria en una casa tan estranya.

Les 6:10, i un repòrter tornava dient que a la casa número tal del carrer d'Assaonadors no havien rebut la visita de la mecanògrafa ni menys havien rebut cap tarja.

Les 6:25, i els dos repòrters tornaven advertits per l'altre.

Les 6:30, i tota la dependència sortia al carrer a la recerca de la senyoreta Virgili.

Mentrestant, sol, en el començament del capvespre ple de transparències, Lluís Frederic, com si s'acabés de treure un gran pes de sobre, respirà molt fort, es descordà els elàstics, es repapà en la butaca, i obrí una capsa de cigars, immaculada. El primer havà que cremaria en aquell pis, que encara feia olor de pastetes i que el fum cuidaria de perfumar i d'omplir de les imatges que el bon tabac escampa per l'aire...

VI

Llucieta era una d'aquelles noies que quan van sense mitges no tenen els genolls morats. Una pell fina, tibant, flonja, més aviat sobrecalefaccionada que no pas per condimentar-la amb salsa a la maonesa. Sovint, al despatx, es treia el suèter, i s'entretenia a la màquina d'escriure esperant ordres que no acabaven mai d'arribar. Aleshores hom veia que els seus braços, sense mànegues, no mostraven el més lleu accident: cap gra, ni cap rastre de vacunes, ni un pèl de borrissol, ni cap mica dels grumolls que segons quines pells deixen veure. Els seus braços eren treballats al torn i sota aquella pell una mena de caliu posava transparències, que esclataven gairebé sonorament cada vegada que contreia les espatlles, atenta damunt el teclat de la màquina. Llucieta Virgili, dins el vestit, se sentia lliure, i, a cada contacte de la roba damunt el seu pit o el seu ventre o el seu flanc, tenia una esgarrifança que feia revoltar tots els seus companys d'oficina, que l'espiaven. Qualsevol salt, qualsevol actitud de Llucieta encomanava frisaments misteriosos, i ella no se'n donava compte. No s'havia pas adonat que poc sovint es troben dinou anys tan ben enfundats, i per això el seu gest era d'una ingenuïtat i d'una gràcia inefables Feia tres anys que era mecanògrafa i no havia perdut gens el bell caminar, ni el greix no havia deformat la seva cintura. No era, doncs, estrany que cada nit es multipliqués d'una manera prodigiosa i s'aparegués en somnis en dotzenes de cambres, alleugerint la monotonia de dies passats rutinàriament per tants d'adoradors seus.

Aquestes dotzenes d'admiradors, d'amics, de coneguts, prou haurien corregut a cercar-la si haguessin sospitat que li passava alguna cosa, i s'hi haurien jugat llurs vides; però qui cercava la Llucieta no cercava la Llucieta, sinó la senyoreta Virgili, i d'esma no s'aconsegueix gran cosa.

A les vuit del vespre, de tornada els companys d'oficina, confessada la infructuositat de llurs diligències, no hi hagué més remei que telefonar a la policia i fer destacar un grup d'individus professionals, amb les senyes necessàries per aconseguir de trobar-la.

Que lluny, que absent d'aquest tràfec era, en realitat, Llucieta Virgili! La qual, mentrestant, era conduïda carreteres enllà, embolicada amb una manta per mans inexpertes, com si tinguessin por de tocar-la o angúnia de fer-li mal.

Al portal del número del carrer d'Assaonadors que Llucieta cercava, un automòbil l'esperava feia estona, i, així que ella intentà demanar per qui buscava a la porteria, d'una estrebada fou llançada damunt el seient encoixinat de l'automòbil, que prengué immediatament una carrera folla. Intentà de cridar, però una mà li atatxonà un manyoc de cotó a la boca i se sentí presonera d'uns braços que l'oprimien... Llucieta perdé una mica el món de vista, més del trasbals que d'espant, i quan es revingué, en intentar fer nous esforços per deseixir-se dels que la raptaven, veié passar rabent ran del vidre que la separava del món, una pedra amb la indicació: «Província de Tarragona.» L'esglai de terror devia ésser tan palès en el rostre de Llucieta, que els seus companys en foren una mica perplexos i pocs metres més enlla del cotxe alentiren i finalment s'aturà l'automòbil. Era en va resistir. Ningú a la vista, només el xofer i un home jove, que era el que l'havia aguantada tota l'hora. I Llucieta baixà a la carretera, disposada a fugir a la primera ocasió o a cridar per demanar auxili.

Però trobà només unes mans amigues: tant el xofer com el seu ferotge raptor eren amics de confiança, companys d'oficina que aviat li explicaren la facècia. Llucieta Virgili, si de moment fou tranquil·litzada, en pensar en la seva família i en veure com queia damunt els camps la fosca vespral, suplicà que la tornessin enrera i no contribuïssin a donar-li un disgust que tan car podia costar-li.

Les seves súpliques, però, no trobaren ressò. Els dos companys explicaren que eren vigilats i que tots corrien perill si no complien les ordres a les quals s'havien prestat. I aviat convenceren Llucieta de no témer absolutament res i que, sense més protestes, deixés que arribessin al primer poble, on romandrien durant la nit i l'endemà segurament podrien tornar-se'n.

No hi havia cap altre remei per Llucieta, si no volia empitjorar la facècia inexplicable amb l'escàndol, que fóra molt més greu, i una estona més tard, una enternida partida de dominó, després de tastar unes costelletes a la brasa, entretenia el desvetllament dels tres companys, puix que la son no els prengué pas en aquella fonda de mala mort del Camp de Tarragona.

Picàbia no sabia, per la seva banda, on havien anat a parar els seus ordenances amb tan delicada presa. Però no sentí la temptació de posar-se immediatament a llur recerca personalment, i permeté que fossin els seus homes i els agents de policia qui fessin les recerques, segur que, abans de trobar qui buscaven, ell, amb un cop d'auto, els podria descobrir i tornar-los a casa, sense ulteriors conseqüències.

Però no sospitava que la tendresa de Llucieta pogués enternir els dos joves companys seus que l'havien raptada per ordre superior i que, ja a la mateixa matinada, cedissin als seus precs de tornar a Barcelona.

Sense pensar-s'hi més, arreglaren el cotxe, giraren cua i desferen el camí que el dia abans havien seguit, sense atinar que s'exposaven a l'espant que efectivament tingueren quan, en arribar a Vilafranca, una parella de guàrdies els deturà i els reconegué, segons les ordres que els havien estat telefonades. Llucieta protestà esgarrifada, es contradigué: si primer deia que ella no tenia res a veure amb qui cercaven, després afegia que anava voluntàriament amb els seus dos amics, de por que per defensar-la li esbullessin els projectes. Els guàrdies detingueren els tres viatgers, separaren Llucieta dels seus amics benèvols, i res no li valgué d'intercedir per ells ni de reclamar la seva propia llibertat: calgué dur-los en tren a Barcelona i comparèixer a la Delegació de Vigilància.

I l'interrogatori fou el major sarcasme: mai, ni Llucieta Virgili ni els seus bons companys de treball, no havien sentit un rubor tan bullent a les galtes! Com tres criminals, com tres poca-vergonyes, els feien les preguntes més maquiavèliques per veure si queien en contradicció reveladora! Llucieta picava de peus, plorava a llàgrima viva, deia constantment que era innocent i que durant aquella aventura desgraciada no havia passat *absolutament* res de punible, i tots en definitiva caigueren a revelar el causant de tota la facècia: i un oficial en blau cuità a apuntar en un paper de barba, rascant amb una ploma impossible: «Lluís Frederic Pi... ¿què?»

—Picàbia.

I, amb aquell nom al paper, la Delegació semblà rejovenir-se i esbotzar-se: ja havien trobat el criminal. Un èxit més que s'apuntaven.

Lluís Frederic, però, no dormia, i abans d'arribar les tres víctimes a Barcelona ja fou advertit de la «catàstrofe», i quan arribà al despatx ja no s'embolicà a pujar-hi, de por que un agent que hi passava a la vora no espiés la seva arribada. Intentà d'apel·lar a la influència d'amics seus del cos de Vigilància, però ja era tard: les ordres de detenció ja havien estat donades i la seva oficina era ocupada per l'autoritat, que s'incautà dels llibres, detingué la dependència, i inquirí les senyes del seu domicili particular.

No tenia temps per perdre: el rellotge senyalava les tres. Repassà la cartera, hi trobà el talonari de xecs, recordà que als pocs minuts un exprés marxava cap a França, i, sens recordar-se que era l'hora de la gana, prengué un taxi i fugí esparverat a l'estació, on en cada guàrdia veia l'enemic mortal que havia d'agafar-lo.

Mancaven minuts, travessà la porta de sortida a les andanes i, suant materialment d'angúnia, guanyà el vagó, sentint que un tou d'aigua li xopava el darrera dels genolls de tant córrer.

VII

A l'andana de l'estació de França, a les tres de la tarda, sempre sembla que hi hagi la mateixa gent. Hi aneu un dia, i quan hi torneu el cap d'unes quantes setmanes encara hi trobeu els mateixos. La mateixa família endolada acomiadant una senyora grossa; els mateixos parents que diuen l'adéu a una parella amb sabates i mitges i samarretes i coll i corbata nous, símptomes de benediccions recents i trasbalsadores; la mateixa *troupe* d'acròbates belgues o de ballarines alemanyes; els mateixos despreocupats que ja comencen de sentir-se a Paris; i els mateixos senyorassos que ningú no sap qui són, d'on vénen ni on van.

Al darrera de tot, un petit grup de gent anciana, emocionats visiblement, besant una dama carregada de maletes i farcells, és sobtadament empès per l'embranzida d'un xicot jove, amb un bigotet retallat, que puja al vagó d'una gambada i sense altre equipatge que una maleteta de «toilette»; la catifa vermella i groga dels vagons s'esgarrifa del seu pas, i una cortineta blava tremola en veure que haurà de sofrir-lo tantes hores. Ja està: al departament escollit només hi ha aposentat un senyor d'uns trenta-cinc anys i una monja. (Quina cosa més rara, una monja, sola, de viatge!)

El tren arrenca sense compliments i aviat la gent que resta a l'andana fa l'efecte de la cua d'un estel dels que fan volar els infants, uns quants voleiaments blanc-blaus en l'aire...

I de seguida queda perduda per sempre més tota la faramalla dels suburbis barcelonins pobrament pintorescos i repulsius del tros pel qual el ferrocarril llisca. I aviat el Vallès, amb el misteri de la muntanyola de Montcada i la blavor lírica de Sant Llorenç a la dreta, i més lluny el Montserrat, que es perden també aviat entre els turons que encerclen Granollers i que priven que la mar llueixi la seva blavor i alegri la vista dels que van encofurnats entre el fustam sobre les rodes.

El primer tros de Barcelona a Portbou és lent, ensopit, inacabable. És impossible que pugui iniciar-se cap conversa entre viatgers que no es coneixen, i, entre els coneguts, no invita pas a deixar el ròssec de la conversa començada abans de deixar l'estació. Sembla que sigui encara la cua de tot el que es deixa i que aquesta cua s'allargui, temorosa que, quan s'hagi fet el deslligament, ja mai més pugui recobrar-se.

Però l'entreforc cuida d'acabar-ho. El paisatge pròxim al Montseny serveix de bugada, i neix de seguida una escuma nova, que és la prometença de les realitats, fins aleshores il·lusions vagues i remotes. I és així quan, sovint, una cigarreta trenca sorollosament la monotonia i l'ambient pretèrit, talment una bombolla de sabó esvaïda per una bufada.

—¿Va a París, i dispensi?

—Sí. Sí, senyor.

—¿És la primera vegada?

—No, no, no.

—¿El molesto?

—Al contrari...

—És que, anant sol, ¿no troba que el viatge s'allarga?

I florí una conversa que ja no sabé com acabar durant molts d'anys.

La monja romangué immòbil, distreta a tot el que

passava, i aquell xicot jove tingué la sort de trobar com a company de viatge Lluís Picàbia, els nervis del qual, trasbalsats per tot el que acabava de passar-li, anaren reposant-se a mesura que deixava la seva terra i que les muntanyes pirinenques li anunciaven aventures futures, temps de misteris, incògnites sensacionals.

Aviat es feren amics. La gran simpatia que desvetllava aquell company casual, de nom Carles Costa, obrí de bat a bat el cor de Picàbia i, per una d'aquelles resolucions inconscients i irreprimibles, mútuament s'explicaren la seva història, la seva vida i miracles, i arribaren a Tolosa tan amics, que no s'haurien estimat tant si tota la vida s'haguessin conegut i haguessin anat plegats.

En Costa tenia l'ànima a flor de pell. Il·lusions, il·lusions, i uns ulls esbatanats a la vida, que encara no havia tingut temps de conèixer. De petit, en un despatx del seu pare, que era propietari d'una tintoreria, havia rebut una educació sumària; però —el seu esperit extraordinàriament obert per instint— s'havia procurat, sol, llibres i havia seguit alguns cursos que l'havien omplert d'anhels i d'esperances. Més tard, quan un germà seu, més gran, portava el mecanisme de casa seva i ell s'adonà que no hi feia falta, cobejà de córrer, de volar, de conèixer coses i gents i cels nous, i a la fi, encara no sabia com, hom havia accedit a deixar-li fer aquell viatge, viatge a enlloc, allà on volgués, i per una llarga temporada, un any, dos, fins que li tornessin les ganes de cercar el repòs quotidià, tornant a casa. L'amistat amb Picàbia, li fóra segurament d'un valor extraordinari, puix que si bé marxava per ésser temps fora, era amb la condició de guanyar-se la vida tot sol, treballant d'una manera o altra. ¿I per què no s'avindrien el seu nou company i ell, si calgués una convivència segons els seus propòsits?

Amb aquesta perspectiva al començament del viatge, els ulls d'En Costa prengueren una nova vivacitat i hom notava que tota la seva faç irradiava una felicitat sense límits.

—¿I ara pensa continuar perdent coses?

—¿Què sé jo? Ara no he tingut ni temps de fer-me cap propòsit. La qüestió era marxar, escapar-me del perill que corria... Altrament, allí era impossible de continuar. Tothom em coneixia, no podia treballar ni podia perdre's una pipa, que no vinguessin a dur-me-la a casa. I després, i aquesta és la veritat, començava a cansar-me'n.

—De totes maneres, és extraordinari.

—No. Jo també m'ho vaig creure.

—És extraordinari. I ho és, sobretot, si hom pot lliurar-se a fer el diguem-ne negoci a l'engròs. D'ençà que m'ho ha explicat sento que el cap em giravolta. Jo, a hores d'ara, ja he perdut la mar de coses... (I reia sorollosament.)

El fum, més que la nit, temptà la son i plàcidament es confongueren aviat els respirs dels dos camarades i de la monja, que, sense haver-se mogut un centímetre, dormia beatíficament ja feia qui sap l'estona.

La felicitat del tintorer Carles era tan abundant que li donà uns somnis de príncep. Fruí tota la nit com un infant la nit de Reis i l'endemà, quan el sol li tocà la cara, cregué que havien estat els mateixos reis qui li havia dut una gran idea.

—Amic meu, ¿per què no em voleu amb vós, per companyia?

—¿Quina hora és?

—Tinc un projecte fantàstic. Amèrica, que com sabeu és l'únic indret del món digne de viure-hi avui dia, ens acolliria amb els braços esbatanats! ¿No sou ric? ¿No heu descobert la idea del perdre, que és una idea fenomenal? ¿Per què no anem a Amèrica i en quatre dies trasbalsem l'univers? Podem perdre coses estupendes, sensacionals... Podem perdre cases, monuments, trens, morts...

—¿Cases?

—Sí, cases, vaixells, canons, clavegueres, diputats i ministres, podem perdre gairebé continents, estels, potser Sants...

—Amic meu, és molt d'hora: mireu, són les sis tot just. ¿No és millor que encara reposem una estona?

Però la son ja qui sap on era; tots dos, estesos damunt els coixins de primera, clogueren els ulls, però fou per veure de més a prop —els veien dintre seu— tots aquells objectes que ja havien sortit amb lluentors estridents: perdre cases, perdre Sants, perdre clavegueres... Senyor, Senyor, quines coses més monstruoses, però quina temptació, quina temptació provar-ho i sortir-se'n! Sobretot sortir-se'n! Perdre una monja! Un vagó de tren, la via de tota una línia, un bosc, la mar, perdre la mar... la mar gairebé deu ésser impossible... I la mar amb les seves onades engolí novament en somnis aquells dos éssers fantàstics, carregats de febre, d'una febre que qui sap el mal que faria.

VIII

Tot allò de Cahors, tan ensopit, tan francès, tan de província, amb aquells mossos d'estació de mapes de can Paluzie, i el paisatge gris, gris, completament embolcallat en la rosada, que per aquelles bandes sempre sembla un baf de water-closet quan les travessa l'exprés, ajudaren, sens dubte, a afirmar en cadascun dels nous amics l'ànsia de volar de continent. Amèrica... ¿Per què havia sonat el nom d'Amèrica?

I Déu nos en guard d'un ja està fet: arribà París sense gairebé donar-se'n compte, i un taxi féu la resta...

El mateix dia d'arribada, Picàbia i Costa (ja sonava això com una raó social) tenien els papers arreglats per poder embarcar a Cherbourg i d'un salt entrar triomfalment a Nova York, disposats a capgirar completament aquella banda brillant del mapa mundi.

I, com un somni, com un ai de la digestió en un fullejar d'àlbum de portfoli de fotografies, es trobaren en plena mar; en Costa, trasbalsat pel neguit d'un mareig que no venia mai i que pressentia vagament, més pel que havia sentit a dir que no pas per la realitat dels sacsejaments interiors que no donaven, benauradament però, fe de vida. De tant en tant ensumava el líquid d'una ampolleta que s'havia procurat en una farmàcia parisenca, es feia dur kumel, i menjava figues seques; però la persistència a no venir cap símptoma alarmant el féu decidir a encendre un cigar com mitja cana, rascant un llumí revingut a la capsa de *Tisons* que tragué de la butxaca.

Resolta la por del mareig, aviat anà a cercar la conversa suau de Lluís Frederic, qui es donava a la contemplació del joc de les ones en alta mar, que li recordava sobtadament la pista elèctrica d'automòbils damunt d'onades del Turó Parc, on, una vegada, havia aconseguit de perdre una dentadura d'or, un rellotge i uns elàstics amb sivelles de platí. Contemplant el moviment constant de les onades de la mar veritable, s'entristia, pensant com realment allà deuria ésser difícil repetir el joc sense una preparació molt atesa i, sobretot, sense una esquadreta de submarins i bussos, amagats entre coralls estratègics. Perdre quelcom en la mar era tanmateix difícil, i gairebé impossible de reeixir. Llençar-hi un collaret o una cartera fóra, sens dubte, exposat, i sobretot estúpid. El gest instintiu que li havia ficat la mà a la butxaca hagué de reprimir-se i desfer el camí, just en el moment que En Costa arribava traient bocades de fum com si, en lloc de fumar, se li calés foc a la boca.

—És dolorós. Fixa't la mar. Qui sap on va parar i qui sap fins on arriba per aquí sota!

—És bonic precisament jo diria...

—No, és dolorós. No pots aventurar-t'hi.

—...

—No pots aventurar-t'hi perquè, després, ¿qui ho troba?

—Aaaara! No hi queia. És clar. És difícil, gairebé deu ésser impossible.

—¿I creus que no ens hem embolicat?

—Crec que no ens hem embolicat. I no solament ho crec així, sinó que, tot passant pel pont de segona, he vist un vell que m'ha suggerit una idea: escrivia amb una estilogràfica d'or exacta a la que vaig comprar l'altre dia a cal *Lancel*. ¿Per què no comencem a entrenar-nos?

Lluís Frederic mirà de biaix En Costa, i, per un instant, tingué una idea esgarrifosa: ¿Què devia haver conjuminat aquell xicot que no fos diabòlic? L'una cosa era perdre i l'altra...

En Costa notà aquest esguard, i cuità a tranquil·litzar-lo.

—No temeu: és solament un projecte d'entrenament. Breu: el què fóra que aquell senyor perdés l'estilogràfica: la trobem, i immediatament declarem haver trobat les dues. I ja la tenim armada.

Picàbia sentí que el pit li respirava joiosament, sorollosament quasi. Abraçà En Costa i li pregà d'excusar-lo. Un mal pensament sempre podem estar exposats a tenir-lo.

Donaren un tomb, amidaren amb les passes la distància que separava les taules de la barana, i calcularen l'estona que calia per efectuar una reacció que donés suficient marge de temps per actuar. Repassaren de cap a peus la mena de personalitat que devia dur a dins aquell bon home, i els mòbils pels quals fóra capaç de moure's de la cadira d'una revolada.

—Jo cridaria: Foc! —deia En Costa.

Però En Picàbia ho rebutjà per evitar conseqüències, perquè una alarma a bord pot originar catàstrofes.

Baixaren a coberta, amidaren l'amplada de l'escala que menava on era la víctima, i Picàbia insinuà que potser, si aconseguissin fer-lo baixar per aquella escala, fóra fàcil amb un moviment brusc d'ensopegar-se i fer-li caure l'estilogràfica.

Però tampoc no ho veieren gaire clar.

No hi havia altre remei que acostar-s'hi i fer-la-hi caure d'una manera violenta. I l'única manera violenta era de perdre-la-hi *ells*, puix que ell era incapaç de perdre-la; fóra d'aquells que, davant qualsevol catàstrofe, sempre tenen temps de ficar-se aquella ploma d'or a la butxaca, encara que sentís que la nau s'enfonsava.

No hi havia altre remei, i Picàbia mateix, que abans havia tingut un espant creient que En Carles li anava a proposar de fer córrer aquella ploma, fou qui ara pregà al seu amic de realitzar el projecte: Al capdavall no es tracta pas d'afanar, sinó simplement de perdre, i perdre per trobar després. Així, si ara en realitat el desposseïm d'una ploma que és ben seva (o almenys hem de suposar-ho) —pensava En Lluís— l'en desposseïm tan sols per una breu estona, puix que quan l'hàgim perduda podrà novament entrar en la seva possessió, reclamant-la.

I no s'hi pensaren més. Amb una poca gràcia lamentable, simularen un petit accident prop l'objecte atalaiat: Picàbia, en passar-hi arran, simulà una relliscada i espetegà de costelles per terra. Aquell bon senyor hi acudí sol·lícit i ajudà Picàbia a posar-se dret, i l'acompanyà fins a una «chaise-longue» pròxima. Quan tornà a la seva taula, notà que la ploma i els papers als quals s'aplicava abans no hi eren, i que per terra hi havia una gran escampadissa: indubtablement, en aixecar-se, ho havia fet anar tot en l'aire i qui sap on havia anat a parar...

Picàbia, més expert a perdre, hàbilment, s'encarregà de l'estilogràfica d'En Costa i entrà al saló del pòquer. Deixà la pipa, tragué un talonari i la ploma, i després omplí un taló per procurar-se fitxes. La ploma acabava de perdre's sota el seu peu, que la retingué una pila d'estona.

Al vespre mateix el viatger reclamava al capità si s'havia trobat «per casualitat» una estilogràfica, que justament era nova i que era aixís i aixàs, segons una riquesa de detalls aclaparadora. Foren fetes les investigacions i, efectivament, es va trobar la ploma. Més ben dit, dues plomes. Que eren... (i aleshores foren portades al capità per un oficial) aquestes!

El senyor de segona, quedà, a primer cop d'ull, una mica perplex. —És aquesta. No, aquesta!

El capità s'escamà una mica, mirà les plomes i li semblà que eren parelles.

—¿No semblen iguals?

—Efectivament, no sé pas quina és la meva.

—¿Vostè no sap conèixer-la?

—No, senyor. Ho confesso.

—¿A quina hora l'ha perduda?

I començà un amable interrogatori que s'allargà bon xic. Era inútil de precisar. Però, si la ploma havia estat perduda aquella mateixa tarda, valia la pena d'esperar si el propietari de l'altra la reclamava, i potser podria endevinar la seva. El viatger de segona, aquella nit, ja no pogué dormir. Quina cosa més casual! ¿I si ara no sortia l'altre? Perquè, ¿no podia suposar-se que, mentre hagués estat perduda, la ploma hagués criat? I, si hagués criat, acceptem-ho, que ja és acceptar, no hauria crescut tan de pressa i no hauria sortit tan exacta! Els pares i els fills s'assemblen, però, potser, no tant. I després, tractant-se de plomes... Eren uns jocs massa estranys.

El fet és que l'endemà, com l'endemà passat, no aparegué cap altre reclamant. I, en canvi, succeí un fet més estrany encara: Lluís Frederic Picàbia demanà per ésser rebut pel capità.

—No entenc com he perdut el rellotge. M'estava al jardí i, en intentar saber l'hora, m'he trobat que no el tenia a la butxaca. He corregut a la cabina, i res. Ho he capgirat tot, i enlloc. Ni rastre.

—¿Com era?

—Un rellotge d'or, amb xifres romanes, pla, marca

Cyma, i que dins la tapa hi havia un número: 23 mil i no sé quants.

El capità regirà una llibreta, féu repetir les característiques del rellotge perdut i exclamà:

—És extraordinari! Fa mitja hora que un altre passatger ha reclamat un rellotge semblant. Un 23 mil 4 cents i no sap quants més. La mateixa marca, el mateix xifrat... Bé, així que el tingui el faré avisar.

El capità, sol, començà a obsessionar-se. Dues estilogràfiques, dos rellotges...

I encara més es preocupà en rebre de mans d'un dels cambrers un rellotge d'or, xifres romanes, pla, marca Cyma que coincidia exactament amb les dades reclamades.

Cridà En Picàbia, després... En Costa (que era l'altre) per separat, els sotmeté a un escrupulós interrogatori, i, efectivament, el rellotge reclamat per tots dos era aquell mateix! Allí havia d'haver-hi alguna cosa misteriosa. Però aquell misteri no pogué aclarir-se, com no pogué aclarir-se el misteri de les estilogràfiques.

—Mai, mai!, no m'havia passat una cosa semblant! És extraordinari —repetia contristat i abatut el capità, completament incapaç de resoldre una situació tan insòlita.

Aviat, tant En Picàbia com En Costa com àdhuc el mateix senyor de segona, foren populars entre el passatge. No es parlava sinó d'aquests casos, en qualsevol grup o tertúlia. Al menjador, a la piscina, tots els comentaris giraven a l'entorn seu.

En Picàbia cridà En Costa a la seva cabina i li digué:

—Estimat amic, hem d'estar previnguts. La popularitat ens pot fer mal. Hem de procurar de defugir-nos en la resta de la travessia, si no, malpensaran de nosaltres. I el més pràctic és deixar el rellotge a les mans del capità i proposar-li de quedar-se'l mentre *l'altre* no aparegui. El fet és que els dos cops no ens han fallat, i que ens hauran de servir extraordinàriament per noves perspectives. Insospitats camins s'obren davant nostre amb aquest truc meravellós i haurem d'aprofitar-los.

I els dos amics treien glopades de fum amb una voluptuositat embutllofada. Reien, reien llargament, mirant-se, i de tant en tant engolien licors que trobaven divins.

D'aleshores ençà, únicament a la nit es trobaven, dissimuladament, a la cabina, i preparaven quietament, lentament, no descuidant cap ínfim detall, el pla a practicar quan serien en terra, on havien acordat de separar-se i viure en cases diferents, per millor prevenir qualsevol cas que impliqués de no barrejar massa la seva vida.

Quan arribaren en terres americanes, i en baixar les escales del vaixell, cadascú de tots dos notà que els queia a l'aigua el farcellet romàntic que encara els quedava dels records d'Europa, els tints de la tintoreria escampant-se vertiginosament per sota les aigües tèrboles del port i tot un embalum d'engrunes de mil coses diverses, ja indesxifrables abans, que s'estovaven i anaven a fons amb el lleu ventijol que arribava als molls americans, sota els xiscles de mil sirenes invisibles que semblaven esgarrifar-se ja de la presència i els pressentiments del que els acabava de caure a sobre.

IX

—El General Puh Nien-xà.

I, seguidament, el gerent de la casa Picàbia féu una reverència —la porta de la Direcció oberta— i passà la figura opulenta d'un xinès gruixut, vessant de sacsons i amb una indumentària tan grotesca com la de les dames angleses d'exportació en els trens o en els temples d'Itàlia.

Lluís Picàbia féu un bot, s'aixecà radiant d'alegria i cuità a abraçar l'obès general, que feia més efecte a causa de les coloraines que li penjaven de per tot arreu que no pas pel seu tarannà de botiguer del Born o de graner de la Virreina.

Potser, però, que, cinematogràficament, reculem l'estona que cal per arribar a l'instant llampant d'una tan pintoresca visita.

Quan Picàbia i el seu amic Costa arribaren a Nova York, tal com havien projectat durant el viatge, s'installaren separadament en hotels diferents i procuraren de tenir les entrevistes en llocs ben diversos per evitar, des del primer moment, observacions que més tard, si no aleshores, podrien complicar-se. Durant un mes gairebé només es lliuraren a exploracions elementals, guardant-se de la temptació de deixar-se coses per tot arreu i negligint ocasions realment irrebutjables. Els calgué, sobretot a Picàbia que ja n'havia adquirit l'hàbit, una força de voluntat molt gran per romandre passius en el seu afer durant aquelles setmanes. Però la més elemental prudència els ajudà a no *desbocar-se,* i, gràcies a això, pogueren apuntar, l'un darrera l'altre, èxits extraordinaris. Amb l'excusa d'una placa d'agència de publicitat i reclams, havien instal·lat en un dotzè pis de la 5a. Avinguda, una oficina immensa, a nom d'En Lluís Picàbia, que comptava amb corresponsals secrets a tots els Estats Units i a tota l'Amèrica del Centre. Quan tingueren ben muntat el mecanisme, engegaren un departament, amb absoluta independència, dedicat a afers reals de propaganda per tal d'evitar que les altres seccions escampessin sospites. Així, sota la capa d'aquell departament, la veritable batalla podria donar-se de la manera més impune. I al capdavall sense perills, puix que no tenien tampoc el propòsit de realitzar cap acte punible.

I, efectivament, posada en marxa la cosa, s'inicià el «negoci a l'engròs» (com havia qualificat En Costa) en una de les suggestions que aquest oferí, encara a Europa, a En Picàbia: perderen una casa. Una casa de vint-i-quatre pisos de la «*Fifth Avenue*».

El procediment fou de mà mestra: En Costa subvencionà un turc mort de gana, que trobà venent diaris, perquè acceptés adquirir aquell immoble, donant-li una quantitat suficient per emprendre a l'acte un viatge a Filipines i confiant-li una plaça en una Sucrera. Naturalment, prèvia una transferència secreta a nom d'En Picàbia. S'efectuà l'operació: el turc va ésser acompanyat al tren, i després al vaixell, i quan fou fora d'Amèrica, En Costa amb un bigoti enorme, d'italià passat per aigua, i un dependent a les seves ordres, deixà abandonat en un vagó del metro un paquet contenint les escriptures de compravenda. Saltà en una parada i el seu dependent romangué a dintre, no perdent de vista els documents preciosos. No trigaren més de cinc minuts a ésser trobats, i justament fou una nena petita qui els descobrí ran dels peus de la seva mare, una fornera que anava carregada fins a la boca.

—Deixa això!

Però la criatura no en feia cas. I la mare hagué d'apel·lar a un procediment expeditiu, puix que no podia valer-se dels braços enfeinats a dur coses, i donà una puntada de peu a la seva filla que la féu trontollar per terra.

—Ja t'ho deia, jo. Fort. No ho haguessis tocat.

La gent de més a la vora anaren a aplegar la criatura i junt amb ella aplegaren també el paquet, creient-se que havia relliscat de les mans de la mare i l'hi oferiren.

—No ho vull això. No és pas meu. ¿Què m'expliquen a mi?

De seguida es formà un grup: de la conversa i de les demandes fetes als veïns d'aquella dama, no pogué treure's l'entrellat i en una pròxima parada fou lliurat el paquet al cap d'estació del metro. D'allí començà l'odissea: immediatament assabentat En Costa del parador dels papers, telefonà a Picàbia i a la nit mateixa els diaris americans portaven una simple notícia de quatre ratlles:

«El propietari d'una casa de la *Fifth Avenue* es deixa al metro els documents acreditatius de la seva propietat i després no és trobat. La filla d'una fornera és l'agraciada, i segurament obtindrà una grossa recompensa.»

D'ençà d'aleshores cada dia els diaris anaren donant noves més amples. La notícia anà enriquint-se de detalls, i aviat apareixien títols a primera pàgina: «S'ha perdut una casa de vint-i-quatre pisos i hom la troba al metro.» «Amb la mateixa facilitat que uns guants pot perdre's una casa de la Fifth Avenue.»

Els llogaters de l'immoble estaven esparverats. Els periodistes tingueren feina per fer-se un agost abans d'hora. La policia estava desorientada. Un sens fi de pistes falses no aclariren cap espurna del misteri. Hom parlà de crim, de furt, de jocs polítics, de mans internacionals, de Nicaràgua i del príncep de Gal·les. Fins que l'adveniment d'una altra pèrdua s'endugué tota l'atenció cap a una altra banda. I a la vegada, una altra i una altra! Dos mesos després d'haver-se perdut aquella casa, tota la premsa i tota la policia americana no hi veien de cap ull a causa d'aquestes tres noves pèrdues realment sensacionals: s'havia perdut un tren de vapor, format per una màquina, un furgó, i catorze cotxes, en una carretera; un collaret valorat en 200.000 dòlars, en una església catòlica de Memphis; i un circ completament muntat, als afores d'una petita vil·la de l'Estat de Texas.

Quelcom d'anormal devia moure aquelles coincidències. Hi hagué un professor irlandès, aficionat a fer profecies, que publicà un fascicle en el qual es referia a aquestes pèrdues raríssimes i anunciava que això eren símptomes inequívocs de la fi del món, precisant i tot la data en què el daltabaix ocorreria.

Però, el que ja fou desesperador, i que provocà una crisi general en tots els ordres, va ésser que, encara no feia vuit dies que s'havia experimentat la darrera d'aquestes pèrdues, un policia es trobava als peus, fent servei al Parc de l'Est de Montana, un nou collaret, idèntic a l'altre i que fou valorat exactament en els 200.000 dòlars, i que segons els testimonis dels experts era exactament igual al que fou trobat a Memphis.

Hom temia per una revolta, per una guerra civil, per una catàstrofe imminent, relacionada de prop o de lluny amb l'anunciat judici final, o amb algun altre judici preliminar, l'anunci del qual no havia revelat, aneu a saber per quines raons, cap vell profeta.

Ni del Circ, ni del tren, ni dels collarets, ningú no sabé absolutament cap detall anterior a la troballa. Ningú no es presentà a reclamar-ho. Ningú no envejava ésser-ne propietari. Només algun quinzenari s'hi exposà i aconseguí augmentar-se el càstig.

Lluís Picàbia i Carles Costa, mentrestant, criaven panxa, tant era llur contentament i tanta era llur joia.

Passats onze mesos embrancats en aquestes sensacionals aventures, l'oficina d'En Picàbia en tenia de novament preparades: el perill de treballar únicament «la plaça» (com diuen els fabricants de Catalunya) els havia fet estar una temporada a l'expectativa, durant la qual resolgueren que no tenien altre camí que saltar els marges, i estendre les seves activitats a través de les fronteres i de les mars i, si calia, dels pols. I, per iniciar-s'hi, en un dia determinat foren trobats divuit avions diferents, en camps estrambòtics, de divuit pobles pertanyents a nacions forasteres. Així els diaris, en edicions extraordinàries, canviaven constantment de propietaris que s'enriquien, i hom hi podia llegir coses com aquestes: «S'han perdut divuit avions de diversos tipus, i són trobats, sense pilots, en camps de: Santo Domingo, La Haia, Bradford, Pont L'Evêque, Colònia, Castelldefels, Coimbra, Xauen, Canton, Terranova, Ostend, Fez, Budapest, Alger, Praga...»

L'oficina del departament del Ministeri d'Afers Estrangers de Washington fou escalada per la multitud, i hi hagué un dia de dol en moltes llars de policies de diversos indrets del globus.

La Premsa anglesa i alemanya anava plena d'indignació, i aviat transcendí l'esclat a través de tots els altres diaris.

En aquest punt, En Costa anà a trobar En Picàbia:

—No sé perquè em sembla que hem d'afluixar —remugà tímidament i visiblement espantat l'ex-futur-tintorer català, que fins aleshores no endevinava la transcendència de l'escàndol.

Però Picàbia, que precisament recobrava tota la seva força, que sentia bullir dintre seu l'ímpetu de la seva joventut continguda, aixafant materialment un gros cigar entre els queixals, deixà explotar la seva joia:

—Ara més que mai! Ara ve la nostra. Costa, som els amos del món. ¿Veus? (I feia giravoltar un globus d'alabastre en el qual brillaven les cinc parts del món, petites per poder ésser acariciades.) Tot això és nostre. O hem d'aconseguir trabucar-ho, o hem d'acabar aixafats al seu dessota.

I tots dos veien topar a mig camí, esclatant com una bomba de dinamita, la mirada que mútuament acabaven de llançar-se.

X

La conversa de Picàbia i el General Puh Nien-xà durà llarga estona. Més de tres hores romangueren tancats a la Direcció de l'oficina i tramaren els plans més fantàstics. El General Puh Nien-xà, descoberta d'En Costa a través d'amistats internacionals en els cossos diplomàtics, era una home de prestigi i de suspecta significació política, al departament de Taku, i s'havia mostrat propici a una combinació financera per raons purament econòmiques. Tot el seu patrimoni l'havia despès en una vida d'ostentació i de platxeri i calia que trobés un procediment que li permetés de conservar el tren de vida al qual era habituat. Cercava, per tant, algun negoci que impliqués una absoluta discreció per part dels col·laboradors o aliats, i En Costa li n'oferí l'avinentesa. Amb Picàbia havien estat presentats en una festa nocturna d'un restaurant cosmopolita, i era aquella la primera entrevista que tenien seriosament. En Picàbia l'informà, de primer, de la seva classe de «negocis», i a l'acte Puh Nien-xà es donà perfecte compte que havia trobat «l'home». Només, per comentari, digué a Lluís Frederic que de tot el que acabava de contar-li, «ell», no en sabia absolutament res. I que, en avant, es fes càrrec que tampoc res no sabria. Una cosa és fer, i l'altra, saber. Ell actuaria i prou. Només li demanava que el deixés marxar de seguida, i de lluny, anirien millor les coses.

Entesos, calia, doncs, no complicar l'afer amb proximitats fàcilment sospitoses. I Puh Nien-xà decidí que, immediatament de lligar tots els caps, tornaria a la seva pàtria. Les entrevistes successives foren molt laborioses, i, abans d'un mes, el general xinès emprenia el viatge de tornada carregat amb baguls fantàstics de presents i riqueses.

Mentrestant, els diaris havien ja obert una secció dedicada a pèrdues, on hom informava de les innombrables facècies promogudes pels nostres homes. Menudalla, objectes sense importància, petits divertiments que rajaven sols, sense ni dedicar-hi cinc minuts d'atenció els dos directors de l'oficina. Un rengle de butaques al mig d'un carrer, màquines de calcular en un camp de basket, tres elefants a la ribera d'un riu, joiells, batans, camionades de fruites exòtiques, manuscrits d'obres de novel·listes famosos, monuments als morts de la guerra de França, automòbils de totes les marques (en una ciutat d'Honduras hom trobà, al mig d'un autòdrom, 1.800 Fords del nou tipus en una sola tarda), gàbies de lleons famolencs, barques de rem i de vela en pobles de muntanya del Canadà, piles de monedes en recons i places (piles de duros suïssos, molt sovint en quantitats importants, i posats l'un sobre l'altre, i d'altres vegades en xavalla en formacions arbitràries), papers secrets procedents de cònsols i ambaixadors de tots els països, el pacte Kellog (es trobà a Caracas l'original del pacte Kellog, en una barberia), mapes, plans, escriptures... Tot això eren engrunes, que no feien sinó provocar disturbis, dimissions en cossos de diplomàcia, trasbalsaments de petites viles sudamericanes, on la troballa d'un tanc alemany produïa calfreds horripilants; morts dintre els baguls amb les inicials que després es comprovaven, escampant espants macabres i trasbalsos en ciutats poc avesades a misteris... Picàbia pensava que no podia exagerar la nota, i per això deixà passar molt de temps divertint-se només en l'elaboració de projectes que en el seu dia havien d'esclatar com terratrèmols, i somreia, a l'hora de repassar la premsa, en comprovar el reeiximent de les seves expansions. Sovint passava que algú anava a la presó: la inexperiència d'algun agent poc destre li ocasionava aleshores algun lleu disgust que el feia témer, però que no li havia reportat conseqüències funestes encara.

En Costa, alleugerit de la temença que li havia produït la pèrdua dels avions, fruïa de la vida amb totes les seves forces. Viatjava sovint, no temia mai per cap dificultat d'ordre econòmic, s'havia creat una posició i una simpatia en tots els clubs, entitats i relacions socials que freqüentava. Lliurat una mica a aventures amoroses, sovint es divertia en flirts arriscats, dels quals alguna vegada sortia amb les mans al cap i altres vegades n'era aurèola de glòria. Quan rebia alguna notícia de la seva família, li semblava obra d'espiritisme, recordava de seguida les lectures de Bozzano, i tenia a cada lletra de Catalunya un sobresalt, talment com si li aparegués una fantasma. Tenia dels de casa seva la mateixa idea que un home normal té dels Sants del Cel o dels Diables, i veia tan lluny i tan sobrenatural el seu poble, Barcelona, com hom veu llunyà i sobrenatural el Cel, l'Infern o el Purgatori. Sabia que existia Barcelona, però en tenia una visió tan esborrada, que tots els seus examics li semblaven ànimes en pena que de tant en tant reclamaven el seu record amorós, o l'embafaven talment com si fossin personatges estantissos, plans, dels que deuen habitar els llims misteriosos. I li passava alguna vegada que per esvair aquests pesombres s'adormia dient, per tota aquella gent i aquella terra, vertiginosos parenostres.

Fins que un dia les coses prengueren per En Costa

una nova marxa: Lluís Frederic l'havia citat a la seva Oficina. Això, d'ençà que s'havien installat a Amèrica, no havia succeït mai. Quelcom d'anormal, doncs, devia ocórrer, i no mancà puntualment a la cita. Justament hi comparegué vestit d'*smoking,* puix que tenia aquella nit una altra cita a la qual no podria perdonar-se mai de deixar d'assistir: una noia rossa com l'or dels marcs que ornen les pintures dels museus, filla única del rei del sabo-moll, a la qual assetjava feia prop d'una mesada.

La primera cita era a les set del vespre; l'altra, a dos quarts de nou. Hi havia tanmateix prou temps per complir amb les dues. I un Packard magnífic s'atura davant l'oficina d'En Picàbia.

En Picàbia no hi era. Reposà el neguit amb raonaments íntims per convèncer-se que tenia temps, que En Picàbia arribaria de l'un moment a l'altre, i inicià sis o set cigarrets sense èxit de durada.

El seu company no arribà fins les vuit tocades:

—M'has fet patir terriblement! Tinc una entrevista de compromís d'aquí a mitja hora. No cal, doncs, que et digui si em convé d'enllestir com més aviat millor.

Picàbia se'l mirà de reüll, li allargà un cigar i digué:

—Primer, seu. Després tu mateix ja em diràs si tens interès a deixar-me tan de seguida.

En Costa no en féu cas, comprengué que devia tractar-se de quelcom greu tanmateix, i així li ho digué, però calia que no faltés al compromís que havia contret justament per a aquella hora.

—Bé, aquesta matinada has de marxar a la Xina.

—No, home!

—Cal.

Aquest mot féu inútil cap més protesta. Aquell «cal» volia dir-ho tot. Volia dir que era en va oposar-s'hi. No li calia, doncs, cap altra explicació. Després d'allò comprengué que només tenia un camí: anar a la Xina, la qual cosa sonava dintre seu com «anar a la quinta forca», o anar al botavant, o a la lluna.

—Has d'anar a la Xina i veure immediatament a Puh Nien-xà.

(El rellotge del monyó d'En Costa marcava les 8.20.)

—Digue'm: és imprescindible, *¿avui?*

—Sí, i si hi hagués manera que marxessis ara, ara!

—¿I no puc complir amb aquest compromís tan de compromís que et dic que tinc?

—¿Per què les dones us fan ballar així?

—No t'ho nego. D'una dona es tracta. Però, si tu no pots comprendre aquest neguit que una dona pot inspirar, ¿no pots almenys respectar que els altres el tinguin?

—A mi mai cap dona no m'ha donat un instant de trasbals. (I això ho deia Lluís Frederic convençut que era veritat; tot aquell temps li havia esborrat tan fortament els seus pretèrits conflictes sentimentals, que ara, no solament no els recordava, sinó que estava cert que mai cap dona no li havia pres ni mitja hora.)

—A mi sí, doncs, i és insensat que no te'n vulguis fer càrrec. En fi, ja sé que és inútil parlar d'aquestes coses. No és la primera vegada. Escolta: ¿no tinc temps, almenys, de quedar una mica decent, i després faré el que vulguis?

—¿...?

—¿No pots dir-me el que m'hagis de dir, abans de partir? No temis, que si haig de partir, partiré, però ¿no pot ésser una mica més tard?

—¿Què vols dir?

—¿No tinc temps una estona? ¿Una hora, dues hores?

—Has de marxar a les cinc d'aquest matí.

—Hi ha temps de sobres. ¿És llarg el que m'has d'explicar?

—Llarg, relativament no.

—¿Quant necessites?

—Mira... falten tres minuts per dos quarts de nou; ¿et veus amb cor, si ara marxes, d'ésser aquí mateix a les dues?

En Costa abraçà el seu amic i fugí al carrer com un esperitat, amb els ulls que li feien soroll i les orelles que li cantaven.

XI

Cinc minuts de retard, quan es tracta d'anar a buscar una dama a casa seva, mai no compten. Sempre hi ha cinc minuts ocults entre els perfums del tocador, o entre les sedes del guarda-roba, o entre el vernís de les ungles i el rimmel que deixa volves minúscules al volt dels ulls.

Així, quan En Costa arribava a casa la petita reina del sabó-moll, la petita reina el féu esperar encara una estona. La qual, serví per esvair una mica el neguit, els nervis, l'atarantament del nou Dafnis d'etiqueta. L'aparició de Joana al revolt del replà de l'escalinata semblà a En Costa una aparició de quelcom de sobrenatural, més propici a un flectament de genolls que no pas a qualsevol exclamació verbal o a un acariciament normal de les mans amigues. No es flectà, però, als peus d'ella, sinó que hi corregué, la prengué per la cintura d'una revolada i fugiren al jardí, a través del qual la joia semblava que prengués ales i se'ls endugués qui sap on.

Quan els coixins del Packard començaven a adonar-se del pes d'aquells dos cossos gairebé immaterials, i quan el refrec de les sedes començava a posar dins les portelles una cançoneta enfadosa, l'esclat d'uns llums blaus reflectint-se al parabrises tornà al món la feliç parella: baixaren, un passadís de rosers els féu infinites reverències, i una sala brillant, il·luminada per multitud d'escots, s'obrí al seu davant, prometent-los unes hores d'encantàries.

Joana i Carles nedaven materialment entre aquella

mar de transparències trasbalsadores: una orquestra facilitava l'engoliment de menges delicades, un esbart de ballarines decorava aquella intimitat dolça, i una conversa a mitges paraules, amb somriures lents i profunds, cuidava d'acabar l'èxtasi de moments inesborrables.

En Costa no deixà un instant d'afalagar amb vins i amb plats i amb mirades la seva jove amiga, i llur conversa s'anà entendrint a mesura que l'hora s'acabava: aviat el fum de mil cigarrets perfumà diferentment l'espai, i les parelles iniciaren impetuoses desfilades. Quedaren gairebé callats llarga estona, i en l'ampla sala de festes només es veia a ells i els servents, que semblaven estàtues clavades en les parets i en els racons estratègics.

Finalment, la pesada atmosfera d'aquell lloc els impellí a cercar una miqueta d'aire, i respiraren joiosament en eixir a l'esplanada del parc, i passejar-hi, sota el tremolor dels estels postissos que penjaven dels arbres com figuracions grotesques i arbitràries. L'encantament d'aquests estels artificials els féu riure sorollosament tota una estona i afavorí l'acostament de llurs braços que prou quiets havien romàs a dintre. Joana sentia ben bé un absolut domini de si mateixa; però, a la vegada, sentia una confiança il·limitada en Carles, al qual s'abandonà tranquil·lament caminant per aquells corriols de poesia camuflada. L'estany, amb l'espectacle d'unes nàiades que evolucionaven en «maillot», mentre uns negres deixaven expansionar a llur so nombroses parelles lliurades al ball, posà una mica més de brillantor als ulls dels dos amants, i la petita glorieta, a la manera del «Petit Trianon», amb un raig de lluna de llum elèctrica, molt més obscura que si hagués estat natural, els temptà a romandre-hi una estona.

Un gronxador estandarditzat els acollí benèvol, rient per sota el nas, i així començà a trobar la posició còmoda el sopar abundant que acabaven de menjar-se.

Joana, asseguda ran d'En Carles, sentia una dolçor, una suavitat, que la transportava a paradisos d'ensomni. Al contacte de la rosa que duia a la solapa En Costa tota la seva galta es refrescava. El seu amic, una mà a l'espatlla d'ella, li acaricià, amb l'altra, primer un braç, i de seguida els cabells i la cara (Joana tenia el front bullent i les galtes cremaven com brases); féu un moviment ràpid i intentà d'observar-la de més a prop; Joana tingué un espant i tots dos rigueren tranquil·latzant-se.

—Oh, Joana, quina felicitat! ¿Per què aquest instant no ha d'allargar-se fins unes quantes eternitats?

—¿Una no et bastaria?

—No, quan som feliços, tan feliços com ara, aquesta felicitat és tan breu, s'acaba tan aviat, que em fa l'efecte que una eternitat deu ésser molt poca cosa i que també en un dir ai! hom s'adona que s'acaba. Unes quantes eternitats tenint-te així, en canvi, deuen durar tanmateix una mica... i, en parlar d'aquesta manera, Carles oprimia damunt el seu cor el caparró de Joana, els rulls del qual tenien la mateixa flonjor que el cotó en sortir de la planta.

Joana sentia com els dits acariciants del seu amic, a cada rull que tocaven, tenien la virtut d'esbatanar-li el cap, i experimentava la sensació que la carícia arribava fins a dintre, i el seu cervell s'esllanguia, i sentia que perdia absolutament el món de vista, per intentar veure el qual tancava els ulls amb una força exagerada i les seves dents xerricaven i el seu respir se succeïa amb dificultats profundes.

Qui sap l'estona que passà, mentre aquest amorós colloqui es resolia! Tots dos callaren a estones, adés era Joana qui tremolava dient unes quantes paraules, el so de les quals no arribava a orelles d'En Carles, adés era aquest qui mormolava mots de passió molt forta als llavis d'ella. Després es miraren, es miraren llargament, sense dir cap paraula: descobriren ben bé aquella llumeneta gloriosa, potent, nociva, que brilla només als ulls de dos enamorats quan la nit apaga totes les llums materials perquè lluï, triomfadora, sola, en l'enorme foscor, aquesta petita cuca de llum de divina fosforescència; i quan aquesta cuca de llum brillà en cada mirada, l'èxtasi fou irremeiable: sense un moviment, sense un respir, sense un pensament, sense mirar-se materialment, es veia només aquella claroreta deixatar-se, dilatar-se, engrossir-se voluminosament, esclatar..., i s'adonaren que tots dos ploraven. Ploraven no sabien mútuament per qui ni per què, ploraven sense esforç, alegrement, feliços, i aleshores el plor s'enduia galta avall aquella estranya resplendor que acabava de ferir-los.

I fou en aquell instant quan, el rostre de Joana ple de llàgrimes, En Carles la prengué brutalment per les espatlles i després d'un moviment brusc de contemplació li enfonsà els seus llavis als llavis d'ella, amb ímpetu, amb voracitat salvatge, amb la mateixa avidesa amb què hom caça una idea així que passa pel pensament nostre. Joana no resistí; a l'acte perdé la sensació del viure, immediatament oferí, lassa, la boca tota molla, i quan el bes anava a començar a desinflar-se, aleshores fou ella qui besà, aleshores foren els seus llavis que es resistiren a deixar-lo, i, com una bèstia ferotge defensant-se, defensà aquell goig inconegut amb les dents, amb el paladar, amb la llengua plana... fins que la fatiga separà, sorollosament, aquelles boques tibants, aquella pell xopa de felicitat, aquells llavis que ja s'havien fos els uns amb els altres.

Se separaren... mirant-se, però, fit a fit, i així que acabaren d'exhalar un primer respir, sense consciència encara del que passava, sentiren que novament aquells llavis es cercaven i novament una altra besada llarga, lenta, forta, inacabable, explotà, deixant-los muts per una pila d'estona quan l'aire després els eixugava llurs baves.

—Joana, estimada meva, t'estimo, t'estimo amb follia! Digue'm que tu també m'estimes! Mai com ara havia sentit el goig de la felicitat. T'estimo, estimada meva, t'estimo i no sé com havem passat tot aquest temps sense dir-nos-ho! Jura'm que també m'estimes Joana!

—Oh, Carles..., besa'm!

Mai un amor no havia començat amb un deliqui de besades tan llargues, tan ben fetes, tan sinceres.

—Besa'm!...

Mai l'amor no s'havia mostrat tan enfollit per un desig de besos tan ardent.

—Oh, Carles, encara, ENCARA, BESA'M! BESA'M!

Mai tampoc no havien florit fins aleshores unes besades tan pures: cap desig suspecte no flotava a flor de pell, cap desig punible no s'amagava sota aquella paraula de follia. Joana descobria la follia del goig del bes i no podia avenir-se que no hi hagués un bes que durés tota una vida, que no hi hagués un bes tan llarg com la seva existència... Besar: ¿quina altra cosa millor pot desitjar-se? I Joana empenyia amb els seus els llavis d'En Carles amb una punya gairebé histèrica.

—Joana, estimada Joana, és insensat pensar que aquesta nit potser serà l'última de veure'ns.

I un xiscle terrible ferí els jardins com d'un rossinyol que rep una sageta a la vista. Joana, en un impuls d'apassionament, prengué la cara d'En Carles i l'omplí de carícies; mots indesxifrables amorosien les seves orelles i unes mirades llarguíssimes extenuaven els sentits de la joventut desclosa d'aquells vint anys que florien de sobte.

—Però et juro que no la serà l'última; jo tornaré, Joana, jo tornaré i serem sempre més l'un de l'altre.

—No vull que marxis.

—Haig de marxar per força. I aquesta nit! És terrible, després d'aquesta joia nostra. És insensat que jo visqui aquesta vida! Aquesta nit haig de marxar a un país que és l'altra part del món. Haig de fer un viatge a l'Àsia. I més m'estimaria morir-me als teus peus que pensar tan sols a començar-lo. Joana! Digue'm que m'estimes! Que ets meva! Que ets tota meva!

(I en dir això, com un infant, Carles prenia fortament la seva amiga i l'estrenyia al seu pit.)

—Digues que ets meva! Que ho vols ésser! I no em mouré dels teus braços; no em besis ara, mira'm Joana, diga'm que ho ets!

(Però la follia d'aquella noia no anava tan lluny. La febre que li havien dut els esdeveniments, i sobretot el goig desconegut del primer bes, l'havia trasbalsada; però ara sentia els mots d'En Carles d'un so estrany, d'un so que l'espantava una mica.)

—¿Saps què significa anar a la Xina? ¿Saps què significa partir d'ací una estona i deixar-te? Significa, Joana, deixar obert aquest amor que ara podríem cloure! Estic las de fer una vida estúpida com la que he fet fins ara, que no ha dut profit a res ni ha servit per resoldre'm cap camí honorable! Estic fatigat de perdre coses, Joana! Mai com ara no he tingut tan a la vora la felicitat i ara no puc avenir-me a perdre-la! M'has de jurar que vols ésser meva...

(Però en aquell moment hom sentia el so del gong advertidor que els jardins del restaurant anaven a tancar-se: el soroll d'aquell gong que s'aproximava per instants i que aviat sonà ran de la glorieta, a través les heures de la qual es veié passar un grup de servents amb riques vestidures i amb torxes, donant la sensació que recollien condemnats o pàries.)

Joana tingué un esglai i instintivament cobrí la seva espatlla nua... Carles només sentia la seva veu interior, i mormolava a cau d'orella:

—Digues que ets meva; besa'm Joana; digues que ho seràs!

Però Joana havia retornat. S'eixugà els llavis amb una mena de gest estrany, com si acabés de trobar-se mal gust a la boca. Mirà En Costa i se n'esfereí una mica.

—No, Carles. Deixa'm. Som folls.

—És ara l'hora d'estimar-nos...

—Estigues, no em toquis. És horrible! ¿Què anavem a fer?

—Joana.

—Desperta't, Carles. Deixa'm. Crido!

Però En Costa estava completament embriac. Prenia Joana per les espatlles, per la cintura, intentava carícies impúdiques; Joana fugí cridant. La presència de la gent aturà la carrera lamentable, i alguns cavallers ajudaren Joana a deseixir-se de les grapes del pobre Costa, que no sabia absolutament el que es feia, donant un espectacle descoratjador. El cotxe enduent-se'n Joana, que tremolava com una fulla sola en una branca, esvaí tota la fúria que encara dominava al seu amic, que quedà esmaperdut, grotesc, més que grotesc, repugnant, a la llinda del restaurant, la bufanda als dits, i el Packard als seus nassos, incommovible, lluent, enorme, fent-li l'ullet amb més por que goig amb l'únic fanal, vermell, que darrera el cotxe semblava que s'amagava.

A les sis d'aquella tarda, En Costa marxava a la Xina.

XII

—Estimat amic, avui hauré de deixar-vos. La meva filla Yang-Ho-Tsi, la meva petita Ho-Mand, arriba a Formosa i em cal acompanyar-la. Demà passat l'altre, però, arribarem de nou a casa, i aleshores podrem continuar preparant els nostres treballs. Ja sabeu que a Hong-Kong trobareu Li-ma-kong. Aquest senyor us presentarà el director del Tung-jintang amb el qual podreu obtenir les estadístiques que ens manquen dels altres asils de beneficència de la província. Crec que això sol us ocuparà, aquests dies, en tanta de manera, que no em trobareu a faltar.

—En ma vida podré correspondre prou a la vostra amable hospitalitat, oh car Puh Nien-xà. Sabeu fer honors de príncep al més humil dels vostres devots amics. Que el vostre goig de retrobar la vostra petita Ho-Mand recompensi aquests dies que la meva sonsa presència a casa vostra us fa interminables. Però, abans de marxar, desitjaria... ¿Heu rebut avui noves d'Amèrica?

—Sí, havia oblidat de passar-vos un cordial record del vostre camarada.

—¿No us diu si arriba per mi el moment de saber on van tots aquests esforços?

—Ni una paraula.

—¿I vós no podeu, *encara,* aclarir-me què en treurem de tants dies d'estadística?

El General rigué beatíficament, i, donant un copet a la mà d'En Costa, sortí lentament de la biblioteca, on les coloraines de Puh Nien-xà quedaven eclipsades per les penjarelles que brillaven amb reflexos apoteòsics.

Feia un mes i mig que En Costa havia arribat a Macao i la novetat de la travessia i l'esclat d'aquella ciutat, als seus ulls inèdita, li havien fet oblidar bastant la nit terrible de l'apassionament súbit amb la seva deliciosa Joana rossa. Diversos viatges a través de les grans ciutats xineses li havien enriquit els sentits de visions encisadores, i creia viure en un món d'artifici. La gent mateix, per bé que sospitada, li féu una gran impressió, i en moltes ocasions no podia amagar a flor de llavis un somriure de felicitat, d'encantament, que li feia obrir els ulls amb una força extraordinària. Que lluny, aleshores, Barcelona, i que remots aquells estenedors de la tintoreria del seu pare! El pesombre que a Amèrica alguna vegada sofria quan pensava en aquells records, a la Xina s'havia apagat del tot, i ara, si ho mirava, ho veia tot en un mateix pla, de la mateixa manera que quan som petits veiem, els que havem nascut a Europa, els gravats de paisatges xinesos en qualsevol enciclopèdia. En lloc de trobar-se estranger a la Xina, En Costa arribà a trobar exòtic el record del seu país amb els seus costums i els seus panorames. Vivia intensament, ara. I el seu constant moure's en viatges, li havia donat un tal do d'adaptabilitat, que de seguida s'encastava als llocs on accionava, fent-se'ls seus i deixant-hi absolutament tot el seu dinamisme. Ja és llegenda que els catalans porten amagat dintre seu un home de cada raça, però el cas d'En Costa no era que dugués a dins uns quants homes, sinó més aviat que tenia la facultat de «girar-se»; mirat d'una banda, era un càndid de Copenhaguen; fent-lo girar una mica, era l'astut cantonès mercader modèlic; encara un altre tomb, i era el cafre cabdill de zulús disposat a menjar-se una noia sucada en xocolata...

Només a través de tots aquests canvis guardava una

especial característica: el seu somriure, que era l'única cosa que mai no hauria pogut perdre. Havia nascut per ésser feliç, i tot en la vida l'hi ajudava. I si un accident, entrebancant aquests pronòstics, semblava que anés a trencar el fil del seu camí, no feia sinó preparar-li un goig més inefable que el fes novament triomfador i novament petit heroi entre totes les coses que el voltaven.

Així, quan marxà d'Amèrica, semblava que el món tronava damunt seu; però, aviat, la tempesta anà a descarregar quí sap a quines bandes, i, en posar el peu a la Xina, la terra es tornava flonja perquè d'aquell contacte no en tingués pena. ¿I qui sabia encara la felicitat que potser li era destinada?

En començar a donar-se a l'ambient d'aquells pobles, En Costa oblidà una mica els motius pels quals hi arribava. Seguia les ordres rebudes amb una mena d'esma desinteressada. La seva feina, al capdavall, un cop celebrades les preliminars reunions amb Puh Nien-xà, consistí a seguir pobles, on era rebut per grans capitostos i agents diplomàtics que l'obsequiaven esplendorosament, i procurar-se unes simples dades estadístiques: visità la borderia de Xangai, la «Societat Humana» o Keu-ting-keuh al defora del Gran Portal, d'aquell mateix poble, recorregué les cases de beneficència de Macao, els Hospicis de Canton, i ara seria rebut pel Consell de Beneficència Unida de Hong-Kong. I en l'entremig tenia prou coses per seguir, per veure, per embadalir-s'hi, que cap interès no podia moure'l a desxifrar d'una manera immediata els projectes als quals tot allò responia. Al capdavall, la veritat era que el «negoci a l'engròs» de perdre coses començava a cansar-lo, i així com al principi s'hi lliurà amb tota l'ànima, ara actuava com un autòmata, es limitava a complir amb «la feina» i deixava per als altres les preocupacions de dirigir els projectes fantàstics.

Quant al General, començava a carregar-lo. Les seves maneres afectades, la seva opulència, les seves relacions mateixes, bastant misterioses, l'havien escamat, en el fons, una mica; però, atribuïa les seves íntimes apreciacions al fet que, sens dubte, els homes no poden conèixer-se amb una facilitat tan ràpida. D'altra banda, personalment, no podia tenir ni un esquitx de raó de queixar-se'n: el curullava d'atencions; els seus raonaments eren, de tan cordials, enganxadissos; s'havia hagut d'habituar a parlar fent discursos i declamant com en les comèdies catalanes, i aquest joc, en definitiva, li era també plaent perquè comprovava que dedicar-se a aquests exercicis d'agilitat deixava tanmateix ròssec en la manera d'ésser, tant en l'ordre pràctic com en l'espiritual.

Comprenia que s'anava vestint de mica en mica d'infinitat de capes sobreposades que el convertien cada dia més en un producte de la civilització més autèntica. Només, alguna vegada, li fallava alguna pràctica correcta d'hipocresia ben administrada, per acabar d'arrodonir el seu tracte amb el proïsme.

Quan Puh Nien-xà el deixà, doncs, sol a la casa, no li'n sabé pas gens de greu. Se sentia atret per aquell home, però ja hem dit també que en el fons li produïa un efecte repulsiu. Així, quedar-se sol a casa seva, sense la seva presència, li apareixia ara com l'ideal d'aquelles hores. Tot allò que voltava el general li era simpàtic, el subjugava: els draps, els joiells de les vitrines, els amulets, les panòplies, els armaris de vidre amb les enormes vestimentes centenàries, la disposició de les cambres, i les comoditats innúmeres, l'arravataven. L'ambient mateix que s'hi respirava, totes aquelles minúcies, li afalagaven els sentits: l'enorme gravat acolorit de la muller de Puh

Nien-xà, finada feia anys i d'una bellesa emocionant, li inspirava un fervor romàntic. Només li feia angúnia que algú més vingués a fer-li augmentar els compliments, als quals venia obligat ja feia dies: la petita Ho-Mand, un retrat de la qual, amb una vesta fins als peus i amb unes galtes de pa de ral, menuda i poca cosa, el feia témer d'ensopir-se.

Vagà llargues estones de l'una cambra a l'altra. Fer-se servir algun licor per aquelles serventes que ja coneixia de teteres i de vasos japonesos, li era un plaer innocent que el tornava encara més jove. I pensava que Foujita si mai hagués estat per aquelles terres pintaria ben bé d'una altra manera.

XIII

Ho-Mand, però, féu tanmateix un efecte absolutament oposat al que temia el venturós confeccionador d'estadístiques. En Costa sentí que davant Ho-Mand se li encenien les galtes, potser del rubor d'haver imaginat abans una faç embutllofada i una falda més d'edredon que no de persona. Ho-Mand se li aparegué tot el revés dels retrats que corrien per allà sobre. O els anys l'havien canviada o els fotògrafs xinesos tenen el do d'espatllar els originals, tàctica en tal cas ben oposada a la dels fotògrafs de tots els altres països. El dia que ell arribà de Hong-Kong, on romangué més del que esperava, trobà la casa del general Puh Nien-xà trasbalsada: ja en cada finestra, i en els portals, uns arcs de flors invitaven a entrar-hi amb la joia a la cara; i aleshores, per tot arreu, una mena d'ordre nou, una pau diferent de la d'abans, un nou gust en les combinacions dels tons cridaners i llampants, amb els quals tot prenia nous reflexos, que feien pensar en una influència palesa de manta exhibició d'arts decoratives passades per la capital de França, i una mica «*d'après*» Le Corbusier, segons revistes importades. En Costa no sospità de Ho-Mand i, si val a dir la veritat, ni hi pensava, quan, en trobar-se dins la mansió de Puh Nien-xà, lliurà els petits bagatges a les serventes; admirà, amb sorpresa, un banderí que no havia vist mai, amb unes lletres indesxifrables, en un replà de l'escala, i entrà a la seva cambra amb unes ganes de despullar-se i tirar-se a l'aigua, brut de pols dels dies que no havia pogut banyar-se. Es canvià, s'enfundà el pijama i sortí al passadís xiulant una cançó, que havia après d'una anglesa que la hi dedicà en un cafè-concert de Hong-Kong la vigília d'anar-se'n. Empunyà la portella que facilitava el pas a la cambra de bany i, una vegada al lavabo, es sobtà per la presència d'unes peces de roba que li causaren una sorpresa agradable: un «complet» d'equitació, que li semblà masculí, estava abandonat damunt unes cadires. Prengué la cortina i, tan bon punt la separà, els seus ulls quedaren encantats, com si quelcom de sobrenatural els acabés de prendre l'expressió i la vida: als ulls d'En Costa aparegué, nua, una noia deliciosa. Immediatament un xiscle, i aquella visió caigué dins de l'aigua de la piscina com una anguila de color de rosa groga. En Costa ni pensà encara en qui podia ésser, la idea d'ignorar encara on es trobava dominant-lo. I novament tapà amb la cortina el pas i romangué uns instants perplex a l'altra banda. Fins que el vestit que ell havia cregut «d'home» li revelà la personalitat d'aquella Venus xinesa.

—És Ho-Mand!

I corregué a tancar-se dins la seva cambra, avergonyit, temerós, amb el cor que jugava a saltar i parar sota la seva pell esgarrifada.

Quan el pare de Ho-Mand exclamava: —Ací tenia, honorable amic, la vostra petita serventa Yang-Ho-Tsi, que ja sentia desigs de conèixer la vostra magnànima persona. ¿No és veritat, Ho-Mand? —les galtes i el front i les dents d'En Costa encara s'envermellien més, i la petita filla del general tremolava també quan amb pena podia respondre—: Sí, pare.

Aquell «sí, pare», sonà a En Carles com un eco del *sí, pare* que ell hauria pronunciat davant l'altar, que creia tenir davant en els enormes plecs de la roba de la panxa de Puh Nien-xà.

S'acostà a Ho-Mand i, no sabent què fer, no gosant besar-li la mà que se li atansava tremolosa, digué quatre mots en un anglès indesxifrable.

Benauradament, essent l'hora de dinar, la taula posant a cadascú una miqueta de feina, cuità a salvar l'escena que més que difícil era molesta.

D'ençà d'aquell fet, Yang-Ho-Tsi i En Carles es tractaren amb una por tota infantil, talment com si cadascú fes esforços per amagar un secret a l'altre, fins que una tarda que el general els havia deixat sols, a l'hora del te, tots dos es trobaren als extrems oposats de la taula de la pèrgola, tan lluny que gairebé no podien fer-se compliments amb la fruita ni amb el sucre. I un petit incident, un trabucament de tassa, féu que es trobessin molt més a prop i que el somriure habitual tímid dels dos joves amics es convertís en una rialla clara, natural, sense prejudicis.

I aleshores sortí tot: En Carles li digué que mai no havia tingut una visió més angelical, més divina; que ella podia estar tranquil·la, puix que, si ell havia vist el seu cos, l'havia vist únicament com hom veu l'ànima a través d'un raig de sol vermell i potentíssim. I que d'ençà d'aquell dia només tenia un desig a la seva vida i era de merèixer la seva confiança, ésser amic seu, estimar-la, i que ella també... l'estimés una mica mica...

¿Quina noia, per xinesa que fos, no cediria un xic als sentiments visiblement honestos d'un home com En Carles, que, demés d'ésser jove, tenia una harmonia tan completa d'atractius que el feien triomfador, sense cap esforç per la seva banda?

—Ho-Mand, si així deixeu que us anomeni, m'heu de prometre que no esteu enfadada.

—¿Com puc estar-ho —a la fi obrí els llavis que deixaren els ulls d'En Carles amorosits només de veure com s'obrien— si vós mateix aneu a prometre'm que mai més no retraurem *aquell* dia?

I, de seguida, s'enfilà una gran conversa començada sobre el meravellós enfilall de perles que cobrien el coll de Yang-Ho-Tsi i que s'acabà parlant del riu argentat que es veia il·luminar-se, a fora als jardins, per les llums de les mansions de l'altra banda.

Cada dia, d'aleshores ençà, Ho-Mand i Carles, no sabien com però, es trobaven a totes hores. Les estadístiques es feien amb una calma impressionant, i el mateix General, per una banda satisfet de veure la seva filla tan feliç, no sabia apressar-les, i deixava que en Costa accionés al seu gust i li pregava de tant en tant de donar-li, almenys, la signatura, per fer la feina d'una manera o altra; fins que la rebuda d'un cable d'En Picàbia, demanant si tots havien agafat una malaltia definitiva, els obligà a apressar la cosa.

—Però, General, estimat i il·lustre amic, ¿per què no puc saber encara tot això cap on va? ¿Què en sortirà d'aquest joc inacabable d'estadístiques tan monòtones?

—Vós sabeu, tant com jo, les manies (si em doneu permís) del vostre car col·lega. Una pèrdua més, ¿per què us interessa de conèixer?

—Però, ¿és que vol perdre tots els Hospicis de Xina?

—Més valdria, potser, si no m'heu d'acusar d'impacient (fa quatre mesos i vint dies que ens alegreu la nostra pobra casa), que penséssiu a fer el vostre viatge a la Mandxúria. ¿Recordeu que és, ara com ara, allí, on hem de resoldre la part principal de la nostra feina?

Carles pensà que el General tenia tota la raó aleshores. L'amistat amb la seva filla havia, evidentment, entretingut aquell viatge i amb mitges excuses mai no havia trobat l'hora de decidir-s'hi. No tenia més remei; la seva presència allí, altrament, començaria a ésser inoportuna. Però tampoc, per altra banda, no podia avenir-se a passar-se de Ho-Mand durant les setmanes que en romandria separat.

I aleshores pensà que si davant unes quantes setmanes solament n'era marrit, ¿què no li esdevindria a l'instant en què la seva feina per aquelles terres fos feta i l'expel·lís de nou cap als continents que ell ja odiava? ¿No era allò, en realitat, un paradís en la terra? ¿No era allí, al costat de Ho-Mand, on la felicitat més pura havia florit més a la seva vora? Quina sensació més estranya li esdevingué pensant aquelles coses que mai no havia pensat tan quietament! Intentava de refer el passat, però no podia. Tot li era esborradís, res no podia lligar amb certa consistència. Trossos de records només li feien més odiable el seu passat i, en canvi, quan pensava en el futur li feia l'efecte que el sol de la Xina el xuclava... Ho-Mand, aquella petita Ho-Mand boteruda dels retrats, després esquinçats per tots dos en vint-i-tres trossos, ¿no era la doneta més bonica, més tendra, més amorosa de totes les dones? Ho-Mand, a qui encara mai no havia besat (i aleshores se n'adonava, oh miracle!), no era, per ventura, la doneta a qui més adorava de totes les persones i de totes les coses i de tots els records i desigs que li venien a la memòria? ¿Quin fat cruel, doncs, havia de separar-l'en? ¿Per què no podia per sempre més escórrer-se la vida plàcidament al costat d'aquell estanyol verd, a la vora del qual tantes nits de lluna havien emparat llur entendriment? La visió d'aquella divina petita anguila humana, endolcida pel so d'una veu acariciant i per la flonjor d'unes mans tan delicades i d'uns braços tan apassionats, ¿podria mai més apartar-la de la seva vida? ¿Què importarien els nous viatges i els nous canvis de terres i els cels nous, si dintre seu duria sempre més gravada aquella meravellosa companyia? I, vaja! ¿per què havia d'amagar-s'ho més temps?, ell, ¿no l'estimava ja a Ho-Mand? ¿No l'estimava amb tota la seva passió i amb totes les seves forces? I, per ventura, també, ¿no era correspost? ¿Que no ho veia clar que ella es moria d'amor per ell? ¿No ho havia pogut observar en ocasions diverses, saltant de cavall, aquell dia que el sol els acariciava amb més fúria que cap altre, i reposant damunt aquell tou d'herba que s'ajupia només del goig de suportar-los? ¿I aquella nit del seu cap d'any que abandonà els invitats i les amigues per fer-li companyia una llarga estona al capçal del llit on ell es quedà obligat per la febre? ¿I aquell matí que l'atrapà plorant perquè llegí que a Canton hom havia assegut al costat d'En Costa, en un banquet que li dedicaren, la més bella de les dametes de l'aristocràcia?

¿No era insensat pensar a partir d'aquella terra de promissió on l'amor li havia descobert tots els encisos, fent-li oblidar absolutament tots els paradisos de la carn, pels quals sovint abans se sentia temptat?

En Costa es féu un tal embull, que no pogué ja més treure's l'obsessió de solucionar la seva vida orientant-la cap a la felicitat que veia a la vora i per abastar la qual hauria de fer un cop fort, li caldria abandonar, sens dubte, aquell món, al qual s'havia lligat de feia tant de temps, encara que no fos sinó d'una sola manera: tornant a Barcelona i posant peces a estendre. Però, quina cosa més terrible, aleshores, li omplia els ulls de llàgrimes!

XIV

Picàbia tenia tota la raó. I En Costa, entre torrada i torrada, assegut al llit, assentia a cadascuna de les ratlles d'aquella lletra acabada de rebre:

«... i em sembla que cinc mesos són gairebé suficients, estimat Carles, per enllestir decididament uns treballs relativament fàcils per a tu. Mai no m'havies tingut sense notícies teves tan sovint com ara. Quan rebo les teves noves són en forma telegràfica: quatre ratlles justes i sempre m'insinues que quelcom t'espera: el dinar, el General, o alguna ànima que t'aguanta. Ja saps com sempre desaprovo tota aventura subjecta a complicacions de faldilles, i estic segur que *aquesta vegada* no podré atribuir-hi la irregularitat de les teves lletres i els teus informes. Per la meva banda em sembla que quan arribaràs ací em trobaràs nedant entremig de triomfs ostensiblement definitius: he planejat un cop que si surt bé (que hi sortirà!) ens farà dignes de penjar-nos una altra condecoració de les nostres. ¿Recordes que una vegada, quan veníem a Amèrica, férem perdre unes estilogràfiques, i aquell bon senyor de segona creia que el cap li voltava? Doncs ara l'he repetit, però a l'engròs: un dels nostres agents ha aconseguit, pretextant una exposició a Xicago, fer-se amb una famosa tela que tenia una tal senyora X, i que és feta justament per un pintor català, un tal Miró, que diu que a París i a Moscou té un públic de marxants estimable. Bé, aquesta tela, que representa (diuen els que hi entenen, perquè ja saps que a mi la pintura sempre m'ha rebentat qui-sap-lo) una casa de pagès, s'ha perdut ja a hores d'ara en un vagó de tren, gràcies a una basca admirable d'En Miller, que anava d'empleat de «museus». Figura't ara quan la propietària la reclami. La sorpresa que tindrà en trobar-se'n mitja dotzena! Perquè he pogut fer-ne sis de justes, exactes a la tela «perduda», i que em jugo el coll que ni el seu mateix autor no sabria reconèixer l'autèntica. Estic convençut que mai més ningú no ho sabrà...»

Tot aquell plaer que abans En Costa sentia a pensar en aquestes coses ara comprovava que positivament s'havia acabat. Aquelles ratlles explicant aquella facècia no aconseguiren sinó fer-li badar la boca en un badall inacabable... i deixà la carta damunt del llit. En Picàbia, pensava En Carles, l'ha agafada ben forta! És extraordinari! Ara potser aquesta mania és ja una mica pesada. Tant perdre, tant i tant! Quines ganes d'embolicar la vida, si la vida és una cosa tan simple: una mica de sol, una mica d'amor, una mica de fum i un licor ben perfumat per amorosir els llavis... ¿què hem d'anar a buscar més, en aquesta vida? I no perdre coses d'aquesta manera insensata, per res, per matar el temps, això, per matar el temps... I en això de matar el temps En Carles s'entristia, perquè veia que darrera seu duia ja molts d'anys i començava a témer pels que només li quedaven... Calia, evidentment, acabar. Escriuria al seu company, enllestiria la feina que li quedava, i, si no podia convèncer En Picàbia de les meravelles que els somreien endinsant-se en una altra vida, tornaria a Macao i s'emportaria, tot sol, deslligat aleshores de tots els altres, la seva petita estimada, aquella Ho-Mand que li havia revelat al capdavall la vida veritable.

Pero, ai Senyor, que els propòsits sempre han estat castells en l'aire en la joventut! Trobar novament Ho-

BNA-SANTS

18:21 5004MI 75798
13-JUL-1995 K:108 C:02
T.GENERAL
REGIONAL EXPRES
99334   S:_ 010
PTAS: *795*

GIRONA
⇌

C.I.F. G 28 - 016740
RENFE
INCLUIDO S.O.V. e I.V.A.
C.I.F. G 28 - 016740
RENFE
INCLUIDO S.O.V. e I.V.A.

RESERVADA

PROHIBIDO FUMAR
FUERA DE LA ZONA
RESERVADA

PROHIBIDO FUMAR
FUERA DE LA ZONA
RESERVADA

PROHIBIDO FUMAR
FUERA DE LA ZONA
RESERVADA

PROHIBIDO FUMAR
FUERA DE LA ZONA
RESERVADA

PROHIBIDO FUMAR
FUERA DE LA ZONA

Mand i encaterinar-s'hi i canviar d'ímpetu, fou cosa d'un ai. Estava bé l'escriure, estava bé enllestir la feina, però partir sense Ho-Mand, encara que fos pensant en una tornada ràpida, allò sí que era impossible. I decidí fer els cops de cap indispensables, i, a la primera ocasió que obtingué, cuità a explicar tots els seus nous propòsits a Puh Nien-xà, el qual no quedà gaire meravellat d'una confessió tan esperada. Només, però, entre els dos amics, fins aleshores tan cordials, tan atents, tan primmirats, s'interposà una incògnita.

—I si renuncieu a continuar amb el vostre camarada, ¿heu pensat quina fóra la vosta vida? ¿La vostra manera de subvenir les vostres exigències? Puix que ja sabeu que la petita Ho-Mand no duu pas la sang plebea per adaptar-se a un canvi sobtat de maneres.

En Costa no hi havia pensat, en això. ¿Com podia pensar-hi, ell que mai no s'havia vist atrapat per la materialitat del viure? ¿No havia viscut fins ara? ¿No havia tingut sempre resolta aquesta preocupació humana deixant-la a les mans de la Providència? No obstant, no sabé què respondre. I durant uns dies meditá llargament en tota mena de projectes, fins que la seva preocupació fou endevinada per Yang-Ho-Tsi, a la qual revelà tots els seus problemes, tots els seus dubtes, totes les angúnies i tots els sofriments davant el pròxim conflicte. Fou aleshores que tots dos, per primera vegada, es confessaren amplament llur amor, llur adoració, i amb una febre bullent s'afanyaren a trobar fàcils camins de victòries impossibles. Ho-Mand s'avenia a tot, a tot, mentre no fos abandonada per En Carles. S'hauria mort com una flor tota sola a la planta, si el seu amor li hagués marxat lluny, encara que li deixés la prometença de recercar-la. Ella el seguiria pertot. Res no li importava el seu pare, del qual sentia més aviat temences, puix que era ben diferent davant d'ella que davant d'En Carles, i menys li importava ara, que ja tenia qui podia defensar-la i protegir-la. Ho-Mand contà llargament alguns fets de Puh Nien-xà que havien arribat confusos a la seva coneixença i suplicà a En Carles que no la deixés pas en aquella casa. Li confessà que la seva estada a Formosa no obeïa a altra cosa: allí vivien els seus avis i sovint s'hi emparava, gràcies al record que ells tenien per la mare de Ho-Mand, llur filla. I en ésser aquí, Ho-Mand, la petita enamorada, obrí els ulls i el seu rostre semblà l'esclat d'una rosa de cent fulles.

—Ells ens ajudarien, Carles! Ells són rics, són poderosos. ¿Per què no fugim a llur falda?

Però En Carles sentia com una humiliació massa fàcil, aquest decantament; i volgué allunyar aquesta idea. Al capdavall no calia trobar la fi del problema en aquell instant. Podien, encara, sortir-se'n potser més fàcilment del que semblava... ¿Qui sap? ¿És que no li havien sortit sempre les coses cor què vols, cor què desitges, de la manera més inesperada? En el fons, tota la seva força era aquesta: tenia una orba confiança en si mateix. Però, no en el que ell podia fer amb la seva voluntat i la seva energia, sinó confiança en si mateix estàtic. Mai no li havia fallat res. ¿Quina llei de lògica l'empenyia a sentir, doncs, futures desconfiances, i a posar-se problemes que potser una bufanda passant prop seu desfaria sense ni ell intervenir-hi? I prengué Yang-Ho-Tsi de la cintura i, oferint-li a cau d'orella les paraules més tendres que trobà ben disposades a sortir fora en aquell instant, travessaren la galeria del pati i entraren a la casa just en el moment en què el General es despacientava cercant En Carles en va per totes els cambres.

—Oh, benaurat amic! Acaba d'arribar el vostre bitllet revisat per partir a Manxúria. ¿Voleu que donem les ordres per preparar el vostre equipatge?

Mai no hauria dit En Costa que fos possible una importunitat més revoltant. I així no sabé amagar-se'n.

—¿Però és possible que jo sàpiga per què rediastre (i ja no demanava perdó) haig d'anar a la Manxúria?

El General quedà perplex, però la faç restà immutable.

—Vaja! Decidit. No vaig a Manxúria.

—Aleshores...

—Sí, aleshores me n'haig d'anar a un altre lloc, ¿no és això? Doncs bé, sí: me'n tornaré, però serà per dir a En Picàbia que renuncio a tot i vindré a cercar la vostra filla.

Yang-Ho-Tsi s'esgarrifà tota i les seves paraules de tan esgarrifades no arribaren a formar-se.

—¿Per què neguitejar-vos? ¿No veieu que anar a la Manxúria us és molt més eficaç? La meva filla no la perdreu pas si feu el que fa tants dies hauríeu d'haver fet. En canvi...

—¿En canvi? ¿Què vol dir aquesta insinuació?

—Si us exalteu no serà possible de parlar. Vull dir que si no feu el que us toca, potser quan tornareu la meva filla ¿qui sap si ja no us voldrà?

En Costa no sabia el que li passava, estava visiblement desorientat. Deia mots sense sentit, violents, que no ajudarien sinó a dificultar les coses, i de res no valia a Ho-Mand amorosir-li el braç pel qual l'agafava.

—Excuseu-me, General, però hem d'acabar aquest estat que ja s'aguditza massa: aniré a Manxúria, però serà aquest l'últim acte de col·laboració que faig amb En Picàbia. I en tornar em donareu la vostra filla.

—Em plau que us poseu a la raó. Aneu al que heu vingut, i després la resta arribarà per si sola.

—Necessito saber abans, però, que vós accediu a la realització de la nostra boda.

—¿Per què ara? ¿No heu vist que em complac en la vostra felicitat? Només una cosa pot destorbar-la, que ja vaig dir-vos, i aquesta depèn precisament que no us decidiu, sense més ni més, a deslligar-vos del vostre company, al qual, al capdavall, vós fóreu qui va presentar-me.

—I si me'n desfaig, ¿Ho-Mand no serà meva? ¿Que no sabeu que ens hem jurat fidelitat eterna? No hi haurà res del món que pugui ja separar-nos, ¿oi Ho-Mand?

I la petita nina xinesa es brincà una mica més cap a En Carles, per resposta, defugint de topar la mirada del seu pare, que, en aquell instant, explotava tot el rapè que havia ensumat —just per posar un final apoteòsic a aquest capítol.

XV

En Costa, empès per la il·lusió de la petita Ho-Mand, intensificà de tal manera els seus treballs en l'enorme província xinesa, que abans d'un mes havia enllestit tota la feina a la Manxúria. I joiosament, amb un cor inflat com una barca de veles a tot vent, respirava els paisatges innúmers que com una cinta cinematogràfica passaven vertiginosament darrera les finestres del tren que el tornava a Macao. ¿Ho-Mand aniria a rebre'l? ¿Podria, a l'estació mateixa, donar-li la primera abraçada? ¿Els ulls amorosos de la seva petita doneta li guardarien els esguards acariciadors que en tot aquell temps no havia sabut trobar enlloc?

La foscor del defora —el sol havia dedicat al tren els últims adéus— mogué En Carles a repassar el paperam una mica en desordre de les seves butxaques i el seu carnet, i comprovà que la seva missió en aquelles terres podia donar-se per acabada. Totes les estadístiques estaven formades. Tots els membres dels Consells directius de les cases de Beneficència i dels Hospicis xinesos eren anotats. Una doble llista d'agents de confiança en cadascun dels pobles on aquells establiments existien havia estat fàcilment enrolada. En Costa aleshores, per un instant, sospità endevinar que es tractava d'un projecte criminal: ¿volia operar-se amb aquells infants desemparats, amb aquells infants orfes, la innocència dels quals era un crim de complicar? ¿I ell hauria estat, indirectament, la mà criminal que hauria fet possible el pla horrorós?

Però aquestes idees, en el tren, sota l'encaparrament

que l'atmosfera dels vagons encomana i barrejades per la prometença imminent dels braços de Ho-Mand estimada, fugiren per l'escletxa per on passava un aire fi que tallava, prop de la porta vitrada. I En Carles es lliurà novament a la dolça contemplació de records, d'esperances, entre els quals Ho-Mand sempre apareixia en primer terme, tendra, suau, fresca i pura com una verge més verge que les altres.

I no tingué pas espera: així que el vagó entrà als molls de l'estació, abans de parar-se el comboi, En Carles saltà a terra i corregué cap dalt al vestíbul d'espera, i tingué un espant de no veure-hi Ho-Mand a través dels mossos que a la porta prenien els bitllets. Ara, ara, s'anava dient En Carles. I cercava amb la vista afanyosament aquells ulls inconfusibles entre la gran gentada que s'estampia per trobar cadascú els seus cars. Quelcom esclatà com una bombeta elèctrica: el xoc de les mirades de Ho-Mand i Carles havia esquitxat de reflexos enlluernadors tota la sala, i un bes irreprimible estovà llurs llavis que ploraven d'enyorar-se.

El vestíbul de l'estació tornava a esdevenir abandonat, i encara Carles no sabia altra cosa que Ho-Mand era seva. Tothom havia anat marxant, i ells dos entendrits mirant-se, besant-se, sentint botre l'un sobre l'altre llurs cors joves, no semblaven pas inquietar-se; al cap d'una estona, la veu d'una botzina de taxi els tornà a la realitat, i fou En Carles qui desféu l'encís:

—¿Anem a casa?

I materialment lligats, els braços a la cintura, intentaren trobar un cotxe que els transportés ràpidament a casa de Ho-Mand on ningú no destorbaria llur èxtasi. Travessaren la sala general, un altre vestíbul, i a les portes de l'estació resseguiren les parades d'automòbils. Plovia. Ni un cotxe apareixia enlloc. El mosso que els duia l'equipatge intentà d'aturar-ne algun dels que passaven a prop. Tots compromesos. No hi hagué altre remei que intentar d'atrapar un tramvia, exposant-se a una cantonada de mullar-se sota una pluja violenta. Llur neguit per fruir ben tost de la pau de casa seva, els decidí a córrer-hi, abandonant a la consigna els bagatges. L'aigua els saludà amb un esclat de joia: llurs cares en reberen les carícies com llances. Presos de la mà seguiren arran de la vorera. Ho-Mand sentint que el pit botia alegrament a cada gota d'esgarrifança. La pluja queia més furient, i el seu so semblava un cant, com més l'amorosa parella no en temia la fúria. Allí mateix, a través dels reflexos dels llums dels automòbils, que passaven com màquines diabòliques tocant els clàxons, s'apropava la baluerna colorida d'un tramvia. Amb la seva ajuda trobarien més lluny prou parades de taxis acollidors, en un vespre tan poètic... A quatre passes del tramvia, baixaren de la vorera, Carles davant, travessaren el carrer, i Ho-Mand llançà un xiscle que apagà totes les llums elèctriques, ferides com per un llamp: la mullena del paviment del carrer havia fet relliscar en Carles i l'havia fet anar a parar just sota les rodes de davant del tram. Ho-Mand, la mà damunt del cor, es precipità a terra, però no aconseguí sinó una forta rascada al musle i una ferida greu al seu braç. De seguida, una colla de gent tragueren En Carles de sota el tramvia, i a pes de braços fou dut a una farmàcia que hi havia a la vorera del davant, a unes quantes cases de distància. Sota la pluja, Ho-Mand, dessagnant-se, seguint follament la tràgica comitiva, hauria fet compassió a qualsevol que no hagués tingut entranyes; no deixaven acostar-la a En Carles, i els homes l'havien de rebutjar de la vora dels que duien el ferit. Una corrua de gent seguint cap a la farmàcia impedí d'arribar-hi a Ho-Mand, que xisclava i bracejava com una petita fera desesperada. Quan pogué finalment entrar-hi, el cos d'En Carles estava estès a terra, horriblement mutilat i entre un bassal de sang ennegreïda que li desfigurava el rostre. Només les cames s'havien salvat intactes. Quan l'apotecari es topà amb aquella visió no féu el més petit gest sol·lícit. ¿Per què? No hi havia res a fer. I es cuidà de Ho-Mand, que, així que hagué passat la porta, en veure aquell tràgic espectacle, caigué aplomada, sense dir un mot i sense tancar els ulls, horriblement oberts, i encara gravat en les seves nines el fantasma de l'espant que semblava devorar-les.

XVI

Era absurd que, justament en uns moments com aquells. Picàbia rebés la nova de la tragèdia ocorreguda al seu amic. Tenia entre mans una complicació d'afers l'ordre dels quals implicava una serenitat extraordinària, i justament li arribava una notícia com aquella! Però la vida, la fatalitat de la vida, és més forta que la mort, que la fatalitat de la mort. I per això fóra insensat de creure que aquell accident, veritablement desgraciat, havia de canviar els curs de les coses que voltaven Lluís Frederic. Sobretot si tenim en compte que Puh Nien-xà procurà de preparar bé el cop. El missatge que trameté a En Picàbia tenia dos talls: li donava compte de la mort tràgica d'En Costa, però de seguida li deia que l'afer s'havia salvat i que aquella mateixa setmana l'operació quedaria realitzada. I per si no n'hi havia prou, el mateix dia que rebé aquelles notícies arribava a les oficines d'En Picàbia un altre despatx del General: «Demà embarquem.»

Aquest lacònic avís tingué la virtut de desfer una mica la tempesta que s'havia congriat al cap de Lluís Frederic, i, aixecant-se del seu escriptori, obrí la finestra i llançà una mirada cels a través com si cerqués l'ànima del seu malaurat amic per donar-li l'adéu que li feia nosa per dintre. En un instant, visqué tot el passat d'ençà que lligà coneixença amb En Carles, i li semblà que sense ell d'aleshores en avant totes les coses havien de fallar-li: tenia entre les mans el missatge de Puh Nien-xà advertint-li l'embarcament i li passà pel front com un pesombre nebulós, un calfred que el deixà tot esfereït.

—Acaba d'arribar En Goodfrey i diu que han agafat En Miller.

La confirmació del pesombre es palesava. Però Picàbia, excitat per aquest nou esdeveniment, no se n'adonà. I sortí del despatx com una bala, amb una estranya energia.

Durant l'estada d'En Carles a la Xina, En Miller havia estat el seu segon. Home d'una audàcia i d'una agilitat excepcionals, d'un passat completament a les fosques, Miller era l'home que necessitava Picàbia per executar els seus plans. Així com En Carles era pròpiament qui els orientava, qui els assessorava, destriant els bons dels que podien portar conseqüències desagradables, En Miller era l'home-fort que els duia a la realitat amb un aplom i amb una seguretat que no oferien la més petita temença. Així, havent-li fallat En Carles i ara prenent-li En Miller, la mateixa por donava noves forces a Picàbia, que sortia de l'oficina decidit a jugar-se el tot pel tot, per tal de recuperar l'únic puntal que li quedava d'absoluta confiança.

Feia temps que la policia americana fracassava en pistes equívoques per descobrir el cau d'on forçosament devien sortir tantes de pèrdues exagerades, i la tendència que semblava seguir de feia un quant temps En Picàbia (fent perdre una cosa i després fent comparèixer una pila de gent a reclamar-la, o fent-ne perdre una pila d'iguals i només fer-les reclamar per un sol denunciant) potser començava de facilitar un camí més planer als detectius i agents que perseguien aquest escàndol. I fou en una d'aquestes pèrdues que Miller havia estat atrapat. Als diaris aparegué un anunci dient que s'havia trobat un penjoll amb perles negres valorat en 25.000 dòlars. I en tres dies s'havien presentat a sol·licitar-lo, donant-ne les senyes exactes, quatre personatges, entre ells dues dames. El que feia cinc era En Miller. I, fos pel que fos, en l'interrogatori, caigué en alguna contradicció que l'acusà, i no fou prou hàbil per evitar que el detinguessin. Benauradament, En Miller no descobria ningú i Picàbia podia estar tranqui quant a la revelació del que era elemental de no revelar. Però si, en lloc de Miller, hagués estat algún altre el detingut, no hauria estat pas tan lluny com això el perill d'una definitiva descoberta.

Picàbia cuidà de fer desaparèixer els quatre agents seus que havien anat a reclamar, abans d'En Miller, el penjoll, i féu comparèixer a reclamar-lo l'orfebre que l'havia fabrit, el qual, fàcilment pogué comprovar que era *seu*, després de múltiples registres als seus obradors i de justificar amb una riquesa de detalls, tots comprovats d'una manera irrefutable, com, quan i de quina manera havia sofert aquella pèrdua. Unes setmanes més tard, En Miller recobrava la llibertat i amb En Picàbia ho celebraren d'una manera sorda, i a la vegada solemnitzaren els nous èxits que rendirien els projectes que durant aquells dies de reclusió s'havien acudit a En Miller.

Coincidint amb llur planejament, ocorregué a En Picàbia un esdeveniment que deixaria marcada una fita en la seva vida. Un nou missatge de Puh Nien-xà l'advertia que «el 19 de juny en fer-se clar, el carregament tocaria terra americana». Immediatament posà en moviment els millors agents de la seva organització, trameté ordres telegràfiques als seus agents de Mèxic, i destacà una missió de confiança, dirigida per Miller, al qual donà instruccions per aconseguir l'èxit que havia de dur-li la seva millor glòria.

I, efectivament, el 22 de juny a les set del matí, rebia el següent telegrama: «Victòria».

Els diaris del vespre de totes les Amèriques duien a primera pàgina, a tota columna, amb variants que no fan al cas, les següents titulars:

«A LES SIS D'AQUESTA MATINADA S'HAN TROBAT 5000 CRIATURES PERDUDES ALS AFORES DE TAMPICO (MÈXIC). TOTS AQUESTS INFANTS SÓN DE RAÇA ASIÀTICA. MAI CAP PÈRDUA NO HAVIA ESTAT TAN MISTERIOSA.»

A En Picàbia li costà molt de poder tornar a trobar la seva respiració normal. I durant molts dies romangué tancat a casa seva sense sortir, de por que l'emoció no el delatés. Tot havia anat com una seda. El projecte fantàstic en combinació amb Puh Nien-xà acabava d'obtenir el ressò que desitjaven, més, molt més del que havien esperat, puix que de seguida tota la premsa del món s'ocupà d'aquesta pèrdua amb una atenció realment exagerada, com exagerada era aquesta feta. La policia de tots els països, els ministeris d'Estat i els d'Afers estrangers, els cossos diplomàtics de totes les nacions actuaven amb peus de plom i estordits sota les conseqüències que aquest esdeveniment podia provocar. El perill groc era a l'ordre del dia. Sobretot segons es desprenia de l'estat d'ambient que hi havia a la Xina, on la desaparició d'aquells 5.000 infants havia provocat l'alteració de l'ordre públic. Les relacions entre els governs dels països més afectats tenien una tibantor extraordinària. Hom esperava successos i derivacions temibles, i tothom sentia dintre seu la sensació que una guerra entre continents apuntava.

Picàbia, aleshores, s'espantà: en la follia de l'èxit, només una obsessió desbancà el goig de la seva glòria: trobar un racó de món on aquella sensacional aventura no hagués arribat i entaforar-s'hi per glopejar-la llargament des d'allí. No sentia la vanitat del triomf ni s'imaginà per un moment de fer-se heroi popular universal; més aviat desitjava per a ell tot sol el gaudi d'aquella victòria, que li semblava la seva victòria damunt tota la humanitat, la victòria de l'home sol, la victòria de la voluntat, de la tenacitat, de l'audàcia. I, això, la popularitat no li ho faria veure més clar del que ho veia ara. Era feliç, era absolutament feliç, tant li hauria fet que un llamp l'hagués esberlat com que l'haguessin penjat dalt d'una forca: la seva felicitat per l'èxit consumat, ningú no podia llevar-la-hi, i era per allargar-se aquesta felicitat que volia desaparèixer, i fou quan, novament, per segona vegada en la vida, pensà en el suïcidi.

Però, estava vist que esperava encara a Picàbia un viure més dens: En Miller en persona entrava al seu despatx particular i l'advertia:

—No podem trigar a fondre'ns. Ens han descobert una pista. Tal com havíem preparat, s'han trobat abandonats al Pacífic els dos torpediners, sense tripulació; però el tinent Olswein ha parlat massa i és vigilat. Per altra banda, han detingut l'auto amb els de Xicago, quan travessaven la frontera. Jo mateix he hagut de despistar dos agents de la Darwin, desfigurant-me d'aquesta manera.

—Però ¿creieu que arribarà més enllà?

(I un telegrama xifrat arribava en aquell instant ratificant aquells pressentiments.)

—¿Temeu l'aire?

—...

—¿Voleu que vegi Levine? —insistí Miller.

I, immediatament, tots dos es feren fonedissos. Aquella nit mateixa, la casa d'En Picàbia i les seves Oficines eren assaltades per la policia. I, dos dies més tard, el seu nom omplia els diaris i el seu retrat era transmès per ràdio a tots els continents. Les proves de mil facècies seves havien revelat la possibilitat que fos així mateix l'autor de l'escàndol infame de la pèrdua de les criatures xineses, i, en un instant, aquella aurèola de popularitat que no abellia a En Picàbia fou la nota del dia en tots els països.

Al cap de dos dies de la seva desaparició misteriosa, un avió, pilotat per Levine, partia de Terranova, duent a bord un mecànic, un oficial i un radiotelegrafista, amb l'intent de travessar l'Atlàntic, i arribar fins on fos possible.

XVII

La sala dels quatre dragons del Palau Reial d'Estocolm mai no s'havia vist tan plena. I tan plena de gent important. Els Reis, els nois dels Reis, els nebots, els cunyats antenats i els sense antenar, i tota la resta de la família reial; els ministres, el consell de prohoms d'Estocolm, el consell municipal, representacions de la noblesa, el cos diplomàtic en pes i tots els ambaixadors estrangers residents a Suècia, un príncep romanès que era hoste de la reina, bé vaja!, és inútil d'entestar-se a seguir la llista. Gran com era aquella sala, aquella nit resultà petita, esquifida, i sort del bosc reial o si no aquella festa s'hauria dit migrada, puix que tot eren empentes. La democràcia de la corona sueca, però, no donava importància al que dirien els forasters, i cadascú per la seva banda procurava de no estar parat i de fer el que podia. Així, no és estrany que Levine, de bones a primeres, s'apropiés d'Helena Handers, la filla del primer ministre i no la deixés en tota la nit tot explicant-li aventures fantàstiques en les quals la imaginació del milionari estirava més la mà que la mànega.

Potser no caldria dir que aquella nit de festa al palau reial era dedicada als nostres homes. Els quals, potser sigui per comprovar aquella dita dels que tenen sort, no solament havien aconseguit desencastar-se d'Amèrica, sinó que havien batut tots els rècords de l'aire, fent, d'un salt, la travessia de Terranova fins a Suècia, on espetegaren, ells i els Junkers, de cap a l'Skager Rak amb la sorpresa indescriptible de tots els aviadors d'Europa. I més en saber-se que justament era Levine qui havia efectuat la proesa. A la fi, l'indocumentat, el milionari de les extravagàncies de l'aire, s'havia sortit amb la seva: espeterrar, no solament tot el poble, tot el món, sinó els experts que hi ha pel món, els aviadors, els pilots, els Lindbergs que es creuen que fora d'ells ningú no és capaç de realitzar cap major prodigi. Levine en persona, ajudat per un oficial, un mecànic i un radiotelegrafista, acabava de donar una lliçó a tots els «folls de l'aire» que segurament fóra aprofitada, una lliçó de tenacitat i de voluntat que difícilment podia ésser superada.

Materialment fou encatifada tota la terra sueca que calgué travessar als expedicionaris per anar del lloc d'aterratge fins a la capital del regne: i el rei Gustau en persona, en uniforme de coronel d'aviació, volgué ésser a la base aèria, en una sala de segona (a Suècia tot va així), a esperar-lo. D'ençà de l'arribada triomfal a Estocolm, no havien cessat ni uns instants els actes populars d'admiració activa. I al tercer dia de la seva estada en aquella capital, el Rei organitzà la recepció a Palau, amb aquell ball de gala a la sala dels quatre dragons on acabem de deixar Levine expansionant-se amb la senyoreta Handers.

Allí foren presentats els herois: Levine, oh! Levine fou aclamat d'una manera desencaixada! Era l'heroi popular; tota la cort n'anava plena, i era afalagat fins al claper. Quan l'emoció general s'apaivagà, fou presentat l'oficial que compartí la direcció durant el trajecte: Al Pershing, ric naviler del Canadà (sota el qual s'amagava el nostre admirable Lluís Frederic Picàbia); i de seguida fou presentat l'altre heroi de l'expedició gloriosa: el mecànic Jim Krugger, que foren victorejats d'una manera inacabable. Fins que la música dispersà el tumult i féu possible accionar una mica per aquelles bandes.

La conducta de Levine, la nit precisa d'aquella festassa, escamà desesperadament el primer ministre de Suècia, Oswald Handers, que no podia deixar-li la vista de sobre, a causa de la barroeria amb què li semblà endevinar que tractava totes les coses i especialment la seva filla Helena, a la qual tenia acaparada. Oswald Handers mirà de mal ull el famós aviador, i això fou el que havia de perdre'l. Com ja havia perdut a Miller, que, en funcions de radiotelegrafista, havia fet la travessia, i, perquè no caigué en gràcia al primer ministre, no havia estat autoritzat per assistir a la recepció apoteòsica. Els quatre herois eren hostes de Handers, al Ministeri del qual havien estat aposentats amb totes les honors que a Suècia hom sabia. No cal, doncs, dir si havien de quedar bé amb el primer ministre si no volien que el seu favor no els manqués i que perillessin de complicar-se les coses de manera sensiblement dramàtica.

Picàbia, millor dit, Al Pershing, auster, ben plantat, amb unes maneres correctament mundanes, s'havia guanyat, en canvi, l'admiració i la simpatia de Handers i la devoció particular del ministre de l'aire Leo Engstheim, que l'obsequiava amb una afectuositat més aviat tropical que nòrdica: li féu seguir tot el bosc reial, li explicà la història de cada estàtua i li prometé que faria aixecar un bust a la gesta inigualada que acabaven de realitzar, davant mateix d'una font a Minerva que ell també havia fet installar en aquells paratges. «Seran, aquests dos, els records que el meu pas pel poder llegarà a la posteritat», s'inflava dient Engstheim, tot rient entremig del bigoti i la barba.

Al Pershing hagué de narrar repetides vegades històries fantàstiques, gestes de la seva suposada vida al Canadà que impressionessin d'una manera especial, una mica voltada de misteri, els seus encantats interlocutors, i hagué de suportar un sens fi de reverències de dames i dametes de la més alta aristocràcia, la qual cosa l'obligà a treballar molt la galanteria, de temps deixada de banda, però que, en aquells moments, li semblava un accident tanmateix suportable. Fou presentat a tothom, i calgué que tingués per a tothom un mot d'enginy, un mot amable, un mot que pogués ésser ben rebut i escampat. I s'admirà de la facilitat amb què se sortí de la conversa amb el Rei, que durà més de mitja hora davant d'un eixam de cavallers de la cort engalanada que li feien més respecte que goig. I s'admirà, encara més, d'haver pogut amagar la contrarietat que un paperet li ocasionà i que li arribà damunt una safata d'argent mentre Don Diego, l'ambaixador de les Espanyes, l'invitava a fer un raid de Suècia a Oviedo, que era el seu país natal. Es deseixí com pogué del diplomàtic i féu dos mots en resposta d'aquella missiva inoportuna, que no venia sinó d'En Miller, el qual l'amenaçava de xerrar-ho tot si no era admès *ipso facto* entre tota aquella generalada i gent aristòcrata. Simulà una indisposició repentina i trameté els dos mots que havia fet al Primer Handers excusant la seva retirada.

Quan fou a la mansió ministerial, trobà Miller furiós, com si li haguessin posat la camisa de força. Renegava, escopia grollerament als tapissos i damunt les taules, tenia una vena que s'havia posat damunt d'una altra, totes dues inflades.

—No, si això no acabarà així! Vosaltres rebent la gran barretada i jo podrint-me! Sí, home, podrint-me! Això no pot ésser, vaja! O tots o cap. Si hagués estat Levine sol, encara no diria res; però, a veure, ¿per què aquella bèstia del primer ministre m'ha hagut de deixar a l'estacada? ¿Un telegrafista no pot alternar amb vosaltres? Això no pot passar sinó a Suècia! Ja feia bé jo de no haver-me preocupat abans de saber que existís! Si això no s'arregla, ho destapo tot, i que se salvi qui pugui. No responc absolutament del que passarà aquí, encara que jo sigui el primer de sentir-me els funerals.

La impaciència de Miller preocupà pregonament Lluís Frederic. Només faltaria, ara que tot havia sortit tan bé, que per una petita enveja, per comprensible que fos, hagués de descobrir-se la veritat, que ja podrien preparar-se.

Procurà de calmar Miller, li signà un taló considerable, li afirmà que ell mateix aconseguiria que li fos donat el mateix tracte que als altres, i li jurà que l'endemà mateix parlaria amb Handers, i, si aquest no en feia cas, aniria a trobar encara que fos al Rei en persona.

Mentrestant, si per aquesta banda la cosa s'adobava, s'espatllava per una altra. Levine, embriac de glòria, preveient-se ja en tots els diaris del món la fotografia i la vida i miracles, deia bassinades l'una darrera l'altra, i no respectava res ni ningú. Tutejava els ambaixadors, demanava l'encenedor als prínceps, es gratava la clepsa davant de la reina. Evidentment no havia nascut per a aquestes coses. I, sobretot, enraonava com un bastaix. Feia broma, però una broma espessa, deia acudits que feien més angúnia que gràcia, i una vegada de què si ningú hi és a temps quan en digué una que el primer ministre hi anava ja amb un aire definitiu, i sort de la seva filla que el va aguantar. Entre un grup de joves diplomàtics, agregats d'ambaixades sudamericanes, explicava facècies i comparava països i costums de pobles als quals mai no havia vist ni en els mapes, quan la conversa girà a l'entorn de la festa que es celebrava, i de les noies, i de les maneres sueques. I Levine, amb una precipitació lamentable, deixà anar l'insult definitiu:

—M'havien dit que Suècia era el país aristocràtic per excel·lència; que aquí les festes eren quelcom de sobrenatural, que era un paradís en la terra, que els reis i la cort era ni més ni menys que un deliciós tocom de l'Olimp, i, francament, o molt m'enganyo o això és més miserable que el nostre Oest, i la cort, en lloc d'ésser la cort dels déus, és més aviat una mena de cort de porcs, ei!, sigui dit amb perdó i millorant el present.

Els diplomàtics sudamericans se sufocaren, i per art d'encantament Levine es trobà sol a la terrassa. Allò el molestà:

—És a dir, que, en aquest país, no es pot fer cap broma. Imbècils, més que imbècils! I jo que creia...

I des d'aleshores no tingué la idea sinó de marxar. Ja en tenia prou. Que difícil que és de trobar gent trempada en aquest món! Res, era cosa de prendre l'aparell i anar-se'n. Encara que fos al Pol. O a la Sibèria. O a la Mar Blanca. Meravellós! A la Mar Blanca! Quina idea!

I cuità a cercar a Jim Krugger:

—Aquesta matinada partim a la Mar Blanca, Jim! ¿No t'animes?

I amb el seu mecànic al costat, arrencà a córrer escales avall; travessaren com un llamp una mica tísic (anaven en una Renault atrotinada), una colla de carrers, fins arribar a les resplendors dels llums del camp d'aviació, on el Junkers, dòcil i lluent, devia esperar-los.

A altes hores de la nit, la cort es retirà i començà així mateix la desfilada de personalitats. S'inicià una cua d'automòbils que feien l'efecte d'una exposició de luxe. Quan l'ambaixador de Txecoslovàquia travessava els jardins de davant la porta del Palau, notà que de la Minerva de la font sortien reflexos suspectes: féu aturar el cotxe i descobrí que *Minerva* duia quelcom damunt el front. Féu senyal d'advertir el cap privat de la Inspecció General del Palau, i junts observaren què era aquell additament que havia nascut a l'estàtua. El cap de la inspecció General veié literalment visions: damunt la testa de la Minerva del Ministre de l'Aire, havia anat a espetegar la Corona del Rei. La Corona reial autèntica.

I aquella nit el Primer Ministre Handers ja no pogué aclucar l'ull, no traient-se del cap com rediable la Corona havia pogut perdre's.

XVIII

Quan Picàbia, encara amb la son a les orelles, envestia amb la navalla la seva galta dreta ensabonada, un truquet a la porta de la cambra de què si el fa tallar.

—Endavant! —digué ingènuament, d'esma.

I, efectivament, no es féu pregar gens un home com un Sant Pau, prim, amb una cara de tres o quatre déus que feia témer només de contemplar. Duia sabates de botons, armilla enribetada i coll fort. Ajustà la porta una vegada a dins, vigilà les obertures de la cambra i anà de dret vers Picàbia. Quant hi fou a tocar, s'arronsà d'una manera estranya i posant-se la mà davant la cara, d'aspecte ferreny, l'índex damunt els llavis, exclamà als nassos de Lluís Frederic:

—No fotem!...

Picàbia sentí un calfred de dalt a baix. ¿Estava despert o somniava?

—¿Qui sou i què voleu? —l'interpel·là en català.

Però aquesta pregunta no tingué èxit. De nou aquell intrús se li plantà davant la cara, i amb uns ulls devoradors insistí amb una flema que carregava:

—No fotem, ¿eh?...

Aquesta vegada l'afegitó d'aquella vocal havia mogut més la indignació d'En Picàbia, que, en un cop d'home, prengué per les solapes el nou vingut i, sacsejant-lo impetuosament, li cridà:

—¿Què voleu?

Evidentment, quan a hom l'agafen per les solapes és de bon seny no fer el sonso, sobretot si hi ha vagues raons per creure que es pot rebre. I fou així que l'escena prengué un altre aire.

—No cal que us inquieteu. No tingueu por. Sóc català com vós, encara que aquí, de vegades, hagi de fer el suec. Però no em confongueu. Potser encara us seré útil. Em dic Jaume Sans, per servir-vos, si és que vós no esteu disposat a fer-me la punyeta. I anem al gra: feu el que vulgueu, però no feu bromes amb la corona. La corona, ¿compreneu?, és meva. ¿Entesos?

Picàbia no podia revenir-se d'aquella aparició inesperada, i no comprenia absolutament res del que volia dir aquell home. Però, quan li parlà de la corona, sentí que es tornava lívid.

—Fa deu anys que estic a l'aguait i només faltaria que vós, arribar i moldre. No, això no, ¿eh? De bromes d'aquestes, amb mi, no en gasteu.

—Bé, veureu. Parleu clar, heu entrat per dir-me ¿què?

—M'irrita que feu aquest posat de noi tendre. He vingut per dir-vos que aquesta vegada... passa. Però que això de tornar a perdre's la corona, no sé si em compreneu, que no ho torneu a provar si no voleu exposar-vos. Vós sou neòfit en aquestes terres, i podríeu esguerrar-me la combinació. I això no em convé de cap manera. ¿Va?

—Bé, home, doncs, va!

I deixà anar aquelles solapes, i s'assegué en una cadira encoixinada, eixugant-se encara la mitja galta plena de sabó, sense acabar d'afaitar-se. No sabia per què, però allò de topar-se amb un català a Suècia, i que se li presentés a la cambra del ministeri, amb aquella *barra,* a esbroncar-lo, havent-li descobert la facècia de la corona, l'escamà qui-sap-lo. I la curiositat de conèixer l'abast d'aquell encontre el féu interessar-se per aquell home.

El qual descabdellà amb una facilitat extraordinària tota la seva vida i miracles, aturant-se a fer una mica de drama de tant en tant, sense poder amagar la seva remota joventut en mant teatre d'aficionats sense dones. Picàbia es féu càrrec, doncs, que el seu esbroncador, que se li havia presentat com a Jaume Sans, era realment un Jaume Sans, fill de Reus, que, de petit, havia marxat de la seva pàtria i que, després de voltar mitja Europa, havia anat a espetegar a Rússia on, encara no s'explica com, arribà a obtenir un càrrec de confiança inaudita: Barber del Tsar; fins que vingué la guerra, i de seguida la revolució russa, i li calgué fer cames ajudeu-me fins a casa, en un dels miserables ravals reusencs, on passà prop d'un any enyorant-se i fent-se-li verdet a la saliva. La seva expulsió de Rússia l'havia deixat a la misèria, i, a Reus, entretenir-se afaitant i arreglant cabells, veia prou bé que no li tornaria mai l'anterior opulència i prestigi. I no trigà, aleshores, a tornar a deixar Catalunya, fins que, valent-se de mil ressorts maquiavèlics, aconseguí d'entrar amb bon peu a Suècia, on ben aviat fou reconegut el seu prestigi, i l'aurèola d'haver estat Barber del darrer Tsar li valgué l'honor de remullar la cara del Rei en les seves habitacions privades de Palau. Això, però, no li solucionà la materialitat de la seva existència, i es trobava més llis que una anguila, a causa de la qual cosa, cada vegada que a Palau preparava les eines prop del rei Gustau, els ulls se li fonien si hi havia la Corona per allà sobre, i interiorment se li havia anat desenrotllant la idea de fer-se-la seva així que una ocasió propícia la hi posés a l'abast de les ungles. Però feia un grapat d'anys, i la Corona no havia sofert les ditades d'En Sans, i el temps que segurament passaria!... I era que en la consciència del barber de Reus no hi havia ni un bri de mal home, i, si bé sentia l'atracció de la corona, no trobava com apropiar-se-la sense que la seva consciència n'hi fes retret.

I un home que s'ha passat anys acariciant una il·lusió com aquesta, sense veure-la realitzada i sense tenir possibilitats immediates de realitzar-la, i d'un patac li esclateu allò que el fa viure, ¿no és just que es jugui el tot pel tot, prescindint dels escrúpols que fins aleshores l'aguantaven?

Picàbia, acabada la llarga narració del seu compatriota, sentí una mena de penediment i es jurà no embolicar-se en noves aventures, i oferia un molsut cigar al barber del rei, quan li fou arrabassat d'una revolada per En Miller, que acabava d'entrar a la cambra:

—Han detingut Levine. Aquella mala pècora del primer ministre l'ha fet vigilar, i aquesta nit ha estat detingut Levine amb En Krugger quan, just, anaven a tocar el dos amb l'aparell, tots sols, prescindint de nosaltres. Ha estat un mal pensament, de venir a un país tan idiota.

I efectivament, Levine no havia *entrat* al primer ministre: malgrat la insistència d'En Picàbia, Al Pershing, i dels bons oficis de l'ambaixador dels Estats Units d'Amèrica, Oswald Handers no tolerà que Levine s'aixequés en terres sueques, i no se li despatxaren els papers per volar ni per tocar l'aparell de la base d'Estocolm, on una policia especial s'incautà del Junkers.

—És estrany que intercediu per un home com aquest! —exclamava Handers a Picàbia, volent-lo convèncer que, en canvi, ell mereixia tota la seva simpatia—. De seguida vaig comprendre qui era el veritable heroi de la vostra aventura. Levine no ha estat més, en tot cas, que una simbolització de la «xamba», de la mateixa manera que el vostre protegit, el telegrafista, és l'encarnació humana del diable. Però, vós, vós heu estat «l'home» de l'expedició. El vostre seny, la vostra audàcia, la vostra serenitat són l'èxit de la travessia. I estic disposat a no deixar-vos moure d'entre nosaltres fins que els últims esclats del vostre triomf s'hagin anat gravant entre la nostra gent!

Picàbia no tingué altre camí que cedir als afalacs del Primer Ministre i romandre, segons els seus desigs, a Estocolm, en companyia d'En Miller, al qual fou tolerat de quedar-s'hi per tal que no els marxés Picàbia com, a la fi, els marxaren (encara no saben com) En Levine i En Krugger en una avioneta particular, que ningú s'explicà com aconseguiren, que els dugué fins a Oslo on el govern es fonia prodigant-los atencions infinites.

La veritat: malgrat del tractament que els era atorgat a Suècia, Picàbia i Miller s'hi ensopien d'una manera desesperada. Lluís Frederic no sabia viure entremig de festes i d'una inactivitat d'iniciatives pròpies, i quan feia tres setmanes que vivia a Estocolm, trobava ja la ciutat odiable. Sovint recorria a la conversa amb el barber Sans, però acabà per no trobar-hi cap gràcia, havent de resistir sobretot els projectes que aquell li amollava per arrabassar, decididament i sense perills, la corona cobejada. I aleshores deambulava pels carrers, entrava a veure els espectacles, cedia a invitacions particulars; però, en el fons, sentia un enyorament que l'entristia. Quan pensava en aquells temps que era feliç perdent una cartera, i que ara ni perdent 5.000 criatures es calmava el seu esperit, li voltava el cap i els ulls se li fonien enllà de l'espai com anhelant que fugissin sols i que ja no tornessin. El contacte amb la bona societat sueca, en lloc d'amorosir-lo, el tornava aspre, i aviat Miller, que era el seu únic puntal, s'adonà que apuntava en Picàbia algun símptoma inequívoc d'una neurastènia fulminant. I Miller, que, per una banda, s'ensopia tant com Picàbia, no avesat a la vida plàcida i lenta, i que, per l'altra, covava un odi a mort al «brètol» de Ministre Handers, començà a organitzar un pla de nova vida tenint molt en compte sobretot l'estat moral en el qual Picàbia estava a punt de caure. Així, un dia que aquest li confessava les seves inquietuds, Miller proposà d'entrenar novament llur vida en les aventures que tanta de glòria els havien portat. Però Picàbia no en sentia una il·lusió massa temptadora. ¿No havien arribat ja al cim d'aquelles aventures? ¿No era, fet i fet, petit el món i petites les coses d'aquest món? ¿És que valia la pena d'emprendre's encara alguna actuació, fos de l'ordre que fos?

Però Miller no cedí. I, aprofitant aquells moments de desequilibri, infiltrà unes idees molt obscures i molt vagues en aquell cervell delicat:

—Hi ha unes pèrdues que no hem assajat encara: fer perdre la memòria a algú o fer perdre el seny.

Heus aquí una nova perspectiva, confusa, fosca, enteranyinada, però que no podia ja ésser del tot desatesa. ¿Perdre la memòria? Picàbia admeté de rebre visites particulars de savis psiquiatres, de químics i de doctors, que no feren sinó complicar l'enteniment de Lluís Frederic, amb un inflament de sacsons de joia al sotabarba d'En Miller. Però la solució no sortia. I Picàbia, preocupat amb aquesta idea nova, però complicada la seva vida per la quotidianitat del contacte amb diplomàtics encara, i amb ministres, i amb l'encastamenta d'Engstheim, el ministre de l'aire que no el deixava ni en forat ni en finestra, sentia que sovint li venien tots els mals i passava hores d'angúnia, malalt d'una malaltia inqualificable: se sentia al marge d'aquest món i dels homes i un desig de no sabia què el cremava per dintre. I fou entre aquest període (que el seu estat de nervis era lamentable) que, imbuït per les idees que li suggeria expressament Miller, començà a fer confusions inexplicables que agreujaven la seva ja visible neurastènia: com fou la que li féu escriure a Puh Nien-xà, el general xinès que ajudà a fer créixer la seva fama d'una manera tan fantàstica.

Mentre Picàbia vivia a Suècia, hoste del President del Ministeri, esclatà a la Xina la revolta que havia d'ocasionar tan funestes conseqüències. I fou als primers dies de rebre's noves de les col·lisions entre els dos bans que Picàbia cedí a una insinuació, tan extravagant com aquella de perdre la memòria, suggerida pel «diable humanitzat» d'En Miller, com li deia Oswald Handers. I fou: d'escriure a Puh Nien-xà que es posés immediatament al front de qualsevol d'aquells bans i que preparés la batalla més fenomenal possible, i, just en el moment de lliurar-la, perdre-la.

I no fou prou aquesta bomba al cervell d'En Picàbia, sinó que Miller gairebé a la mateixa hora n'hi preparava una altra: l'odi a Handers li havia suggerit ara un pla «realment» diabòlic, que acabaria amb l'estat d'*ostracisme* al qual s'havien deixat anar, i que els alliberaria de morir entremig d'aquella pasta de caramel, que era la cort sueca. «Es tractava» de perdre el Ministeri de la Presidència, una nit que hi estigués reunit el Consell de Ministres en ple, i trobar-lo a la Plaça de la Concòrdia de la capital de França. Calia anar tocat, com segurament hi anava Picàbia, per prendre's seriosament aquella nova aventura, però no hi devia anar tant per acceptar-la al peu de la lletra; i fou quan decidí de posar-la a la pràctica amb una modificació circumstancial: que el Ministeri no hauria de perdre's a París, sinó en un lloc on no fos tan fort el trasbals ni fàcils les conseqüències desagradables.

I amb la il·lusió de la gran batalla i del Ministeri, Picàbia sentia renéixer-se, i començava a espolsar-se l'Al Pershing que hauria acabat per anul·lar-lo.

XIX

Una mena de vent estrany trucava als vidres de la cambra del porter del Palau de la Presidència, de tal manera que, a la fi, havent el porter obert els ulls, del llit estant, veié lluir defora la finestra una claror fortíssima, símptoma inequívoc d'una hora alta. El porter es llevà, obrí la finestra de bat a bat i d'una mica més sofreix un atac mortal. ¿Totes aquelles cases de la banda del davant del carrer s'havien esfondrat? El trànsit de l'ampla avinguda: ¿havia estat xuclat a les pregoneses de la terra? Es cordà les calces i la jaqueta, i saltà al hall del Ministeri, on, les claus a la mà, obrí les portes enormes... Si aleshores no caigué mort, qui sap si mai més no es moriria! Davant la porta hi havia uns camps amplíssim i, al fons de l'inesperat panorama, una muntanya d'alguns cents metres aturava la mirada sorpresa.

El porter es posà a cridar, semblà atacat de follia, i aviat se sentiren corredisses en les galeries dels diversos pisos. El Primer Ministre en persona, la seva filla Helena, els altres ministres, servents, En Miller, i aviat també En Picàbia, es trobaren, baixant l'escala, a la recerca d'aquells crits esgarrifosos. La porta esbatanada, tots pogueren veure la meravella del nou paisatge davant els ulls. ¿Què volia dir allò? ¿No dormien, tots plegats? ¿On eren? ¿Quina mà misteriosa havia produït aquell misteri? Les cambres eren les seves cambres, les parets les mateixes parets, el Palau era el Palau autèntic de la Presidència... ¿I aquells camps? ¿I aquell panorama devastat, sense gent, sense cases, sense cotxes?...

Que lluny Estocolm! I que lluny la raó de tot allò!

Oswald Handers, en asserenar-se, pogué saber aviat que es trobava ell i els seus i el seu Palau en un racó de món extraordinàriament distant del que creia viure: d'Estocolm havia anat a parar al cor del Caucàs, sense poder esbrinar com el miracle s'esdevenia.

Al Pershing i Miller no tingueren, però, gaire tranquil·litat. Ells dos foren els suspectes. Ells dos foren els culpats immediatament, i sobretot ho fou Miller, al qual Handers atribuí aquella gesta diabòlica. No calia perdre temps. No podien els dos faceciosos personatges esperar gustar l'èxit a petites glopades i prop de les seves joguines predilectes. De seguida, la pèrdua del Primer Ministre suec, dins el seu Palau Ministerial, i amb la seva filla i els seus ministres i secretaris, ressonà per tot Rússia, i a Suècia hom botia pels carrers com si tothom fos presa d'una epidèmia de ràbia inèdita. Miller havia preparat l'escapada, i el transsiberià acollí els dos monstres que s'enduien, amb ells, el secret d'aquella aventura que ningú mai no podrà explicar-se, i que, àdhuc per a nosaltres, sempre quedarà en el més absolut misteri.

Aquesta inesperada proesa semblà desentumir una mica els nervis d'En Picàbia, al qual el temps que passà a la cort de Suècia havia fet perillar. Novament, paladejant el fum d'un bon cigar dins el tren, Picàbia somreia als paisatges que vertiginosament també li somreien, i li feia l'efecte que la naturalesa, coneixedora de les seves fetes, el saludava meravellada de la seva audàcia. L'enormitat de l'última gesta, el ressò de la qual ja ni havia esperat, li omplia d'il·lusions noves la seva vida, i parlava atarantadament amb En Miller, sense lligar sovint el fil de les converses, però expansionant-se de tot el temps que havia romàs en una inactivitat nociva de tan mel·líflua.

I Miller, per la seva banda, dominant la voluntat de Lluís Frederic, havent-se aprofitat de Picàbia en els moments en què justament trontollava, se sentia ara ple de febre, d'idees, d'aventures, de projectes a dur a la pràctica que havien de convertir-lo en «l'home» que tota la vida havia somniat. Deixava que Lluís Frederic parlés de l'èxit de la «seva» idea i que s'entusiasmés novament en la follia d'aquestes facècies, per trobar la definitiva de les quals hauria donat el que li restava de la seva existència.

—Després d'aquesta, oh Miller!, voldria trobar la «definitiva»! La insuperable! Voldria tant com fer perdre el món, sinó que ja veig que això no pot ésser! Voldria trobar la manera de no haver de preocupar-nos més a cercar idees noves. Perdre tot el que ens volta fins a trobar-nos sols, és a dir, sol. Que en fa de temps que hi penso: trobar-me sol, totes les coses perdudes a la meva vora! Només jo al món, jo tot sol. Sense res ni ningú. L'amo del món, però sense món. No sé si pots comprendre'm...

I Miller sentia que dintre seu se li encenien tot de llumetes, però que s'apagaven a l'acte, sense tenir temps de precisar llur claror. Experimentava la sensació que a cada moment havia d'ensopegar amb «la idea», però que tantost anava a agafar-la li fugia, s'escapava, esmunyedissa com una anguila fosforescent.

Veia Picàbia ben seu. Ell podia moure'l segons els seus desigs, podia fer-li fer el que volgués. I l'ambició, la cobejança d'haver, no solament la voluntat del seu amic, sinó les possessions del seu amic, anava guanyantli el cor. Picàbia no era pas a temps a salvar-se d'aquelles manies, i el dia que volgués deseixir-se'n, una neurastènia trista el venceria fàcilment. I pensant això, Miller es lliurava, íntimament, lluny l'atenció de la conversa que Lluís Frederic li ofrenava, a la descoberta de com podria resoldre el problema que d'una manera tan clara trobava plantejat tan a la vora.

XX

Els canals de Borneo, tan bruts potser com els de Venècia, però una mica més alliberats de turistes, donen una pau, i sobretot encomanen unes ganes de viure amb els ulls oberts, com pocs espectacles naturales s'ofereixen als que estan un xic fadigats d'admirar països i paisatges diversos.

Picàbia, encantat amb la pel·lícula vertiginosa que havia viscut d'ençà de la seva escapada de Rússia, travessant tota l'Àsia fins arribar en aquella terra de meravella, havent fet el salt de la neu a l'enorme brasa de Borneo, esperava delerosament d'estrènyer damunt el pit la mole del seu amic Puh Nien-xà, que fugia victoriós de la Xina, després d'haver perdut completament «la batalla».

I fou en la pau d'aquelles aigües mortes que el General començà el relat, tenint en èxtasi Lluís Frederic, que sentia una bullidera d'emocions dins el seu cap que contrastava amb l'hora capvespral, en què la llum afinava, posant-hi una dolçor i un silenci, les cases i la gent i el cel —de tan blau, pàl·lid.

—... i fou en aquell instant, quan tenia reunit l'Estat Major gaudint de la victòria pròxima, i quan hi havia a les avançades trenta mil homes, que vaig donar l'ordre de la reculada, pretextant un moviment estratègic infal·lible, i... efectivament, ho fou tant, que al cap de dues hores, quan els meus companys, escruixits, em demanaven com havia pogut ordenar aquell moviment temerari, i intentaven de refer el front en tota la seva amplària, no hi foren a temps. I mai ningú no haurà vist tanta tragèdia: una allau humana ens caigué a sobre per totes bandes, ens trobàrem encerclats materialment d'artilleria, i difícilment de l'Estat Major pogué escapar-se algun altre general amb vida. Aquella batalla, que era impossible de perdre, fou perduda gràcies a la meva habilitat i sobretot, oh generós amic meu, a la vostra magnífica inventiva. Després, no té importància: tenia un camí preparat per guanyar Formosa, i la meva filla m'ha tingut amagat fins ara que el saqueig ha fet impossible de romandre-hi. Només em queda la vida, i aquí estic; puix que ¿on millor que a les vostres mans podré guardar-la?

Picàbia abraçava el General amb tota la seva força. I entre Puh Nien-xà i Miller se sentia l'home més fort, l'home més feliç del món, a punt d'abastar l'ideal cobejat de sentir-se'n al marge: tota la terra als seus peus, dominador dels homes i de les coses...

... dominador de les coses i dels homes, si no hagués estat, però, un accident inesperat que havia de trasbalsar tot l'ordre de les seves idees: en passar un pont del canal li aparegué una visió que li glaçà l'alè:

—Sílvia!

I es girà ràpidament, els ulls fora de les conques, i, no veient-la, cridà:

—Sílvia! Sílvia!

A la barana del pont no hi havia sinó una parella de nois petits que s'entretenien escopint a l'aigua.

D'aquell moment, però, el seu esperit no pogué reposar més, fins que pregà els dos amics d'ajudar-lo. Calia trobar-la! Era ella. No podia haver-se enganyat. El seu rostre, els seus ulls, el seu somriure... Si no l'era, ¿per què, doncs, una visió com aquella venia a torbar-lo?

I, efectivament, no s'havia enganyat. Era Sílvia.

A la nit d'aquell mateix dia, quan els estels s'amagaven sota una cortina molt prima de boira, una caravana de turistes entrava als jardins d'Afrodita, on Picàbia, Puh Nien-xà i Miller passejaven sense dir paraula. Quan Lluís Frederic descobrí Sílvia entre els turistes, la seva ex-estimada tenia pres el braç per un home jove que era visiblement orgullós de la seva companyia. Dubtà un instant, mig instant, i no pogué refusar més temps l'emoció de veure-la de prop. I oblidant-ho tot, oblidant sobtadament tots els anys que hi havia entremig de Sílvia i ell, talment com si fos aleshores mateix que acabaven de deixar-se, Picàbia l'aturà, posant-se-li davant i exclamant el seu nom amb un to de veu suplicant, amorós, amb un tremolor d'emoció incontrolable.

Sílvia el reconegué a l'acte. I per una llei d'íntima afecció li allargà les mans saludant-lo també pel seu propi nom. I de seguida callaren; totes les paraules que semblaven anar a sortir esclafiren abans de formar-se, els ulls només acariciant la suavitat d'aquell moment solemne.

Immediatament, però, l'encís fou anorreat:

—No coneixes el meu promès, ¿veritat, Lluís?

I aquestes paraules estigueren a punt de tornar a fer sortir la muntanya dels anys que en un moment havia quedat ensorrada.

Una freda presentació féu inútils més explicacions i aviat aquells dos amics d'altre temps s'abandonaren, sense haver parlat d'ells dos, sense haver-se dit les paraules que tots dos volien dir-se, sense haver-se ofert *encara* aquells llavis que semblaven desitjar-se.

L'endemà fou fàcil a Lluís Frederic saber noves d'ella. I conèixer tota la història del seu recent prometatge, en celebració del qual realitzaven, en companyia de mant familiar, aquell viatge, en un paquebot anglès de turisme. De Borneo l'expedició seguia fins a Filipines, on era la fita del viatge, i d'allí seria represa la tornada. En arribar de nou a Catalunya, Sílvia es casaria, i ell, Lluís Frederic Picàbia, qui sap on seguiria fent *aquella vida*... Aquella vida insensata, aquella vida inútil, aquella vida desesperada.

El retrobament de Sílvia li havia revelat la tristesa de la seva actual existència. Ella era feliç; i en canvi, ¿podia dir que ell ho fos? ¿No havia estat una ficció tot aquell temps de felicitats arbitràries? ¿És que, en realitat, havia pogut conèixer res de la vida, cap goig veritable, durant aquells anys de trasbalsos complicats, en els quals havia trabucat l'ordre de totes les coses?

Aquella visió de Sílvia, del seu *promès*, ¿no li havia arribat fins al fons del seu cor malalt? ¿No era *allò* precisament un ideal del viure? ¿Un ideal més lògic, més dolç, més sa, que totes aquelles quimeres a les quals es lliurava grotescament? Perquè ara veia clarament que era grotesca la seva conducta. Que era absurda la seva posició entre els altres. Evidentment, si hagués pogut aconseguir d'isolar-se, d'ésser sol a la terra, potser fóra lògica la seva situació; però ell no vivia al marge del món, sinó que estava voltat de gent viva, que es movia i que, com ell, també tenia ideals i sentits i aconseguia triomfs i experimentava alegries.

Novament trontollava Picàbia; però, si era tanmateix un home fort, a la fi hauria de vèncer. Encara que fos haver-se de vèncer a si mateix. Sílvia, només de mirar-lo, li havia donat la força que necessitava. I això ho veia clar davant seu, sentia com aquella força l'impel·lia a triomfar d'una vegada.

I mentre la nit s'entretenia a entaforar-se per tots els

racons, empenyent la gent dins de cambres obscures i sota llençols amorosos, Lluís Frederic sentia una roentor al volt dels ulls que li cremava les parpelles. Tenia ganes de plorar, però no podia. S'hauria picat el dit, adonant-se de les malvestats que la seva follia havia causat, però no tenia esma de moure ni un braç, donat com estava en cos i ànima a examinar-se. Sílvia era present davant seu jutjant-lo. La veia més amorosa que mai, la trobava tendra, dolça, pia. Li feia l'efecte que alguna vegada s'ajupia on era ell i que, després d'observar-lo, el besava. I amb les mans li arreglava els cabells i s'estremia de cap a peus sota l'esgarrifança dels seus dits flonjos. Però si tancava els ulls, Sílvia se li escapava, i aleshores se li apareixien les fantasmes de les seves facècies, les víctimes de la seva bogeria, en estrepitosa roda fantàstica i amenaçant-lo amb els braços, senyalant-lo. I sentia que unes flames invisibles el cremaven, de vergonya de tenir-lo més exposat davant els ulls del món que l'acusava.

Lluís Frederic volia aixecar-se del llit, obria la boca per protestar, per cridar, per demanar misericòrdia, però la mateixa febre li ho impedia i li posà finalment un embolic davant els ulls que li féu perdre el món de vista, i es rebolcà dins el llit com una bèstia.

XXI

La consternació d'En Miller no tenia límits i la indignació de Puh Nien-xà no pogué contenir-se. Veien que Picàbia se'ls escapava i no trobaven com retenir-lo. Miller, sobretot, que el treballava de feia tant temps, s'exasperava, i tot era proposar extremes solucions desempallegadores a Puh Nien-xà, que no veia tampoc sinó en Picàbia la seva salvació, després d'haver-lo seguit en els seus desigs que l'havien deixat al portal de la misèria. És clar que tots dos preveien que, fos com fos el camí escollit per Picàbia, no els deixaria pas a l'estacada, que segurament n'obtindrien el que els calgués per viure en l'abundància, però això no era això. Ni Puh Nien-xà, que covava també de temps, si bé amb més diplomàcia que En Miller, el propòsit de fer-se seves les riqueses de Lluís Frederic, ni En Miller, que es podia dir que les tenia a la seva mà, no podien avenir-se a perdre-les per una poca solta com era aquell retrobament sentimental que els rebentava.

Però era inútil, aleshores, d'acostar-se a Picàbia. Semblava que els defugís i que sentís envers ells una repugnància declarada. D'ençà d'aquella nit que l'ajudaren a trobar Sílvia —i només feia tres dies—, solament havien pogut parlar-hi cinc minuts, i encara davant d'altres. Per altra part, era perillós qualsevol propòsit malèfic prop d'aquella noia, que formava part d'una expedició anglesa, sense exposar-se a conseqüències funestes. I fer oblidar aquella passió que rebrotava impetuosament en els sentits de Picàbia era feina vana. L'estat dels dos «àngels de la guarda» de Lluís Frederic era lamentable. Entre la calor i l'angúnia que els aclaparava, se sentien materialment malalts, i el cap els voltava com si estiguessin en un començament de bogeria estranya. I decidiren jugar-s'hi el tot pel tot; retingueren Picàbia entre ells a la primera ocasió que trobaren, i li plantejaren la qüestió de confiança: si ell no desistia dels propòsits de guanyar de nou Sílvia, declararien la veritat de qui ell era i l'exposarien a les conseqüències.

Però Lluís Frederic no se'ls escoltà. Els assegurà que mai més no haurien de preocupar-se per viure; però que, aquesta vegada, havia decidit posar fi a la vida que havia dut fins aleshores. Es tractava d'una mena de suïcidi: un suïcidi sense sang, un suïcidi després del qual, mort Picàbia de les facècies sensacionals, Lluís Frederic, en lloc d'anar a l'infern, aniria a la glòria, i entraria al cel ja en aquesta terra, del braç de la seva amada, la possessió de la qual havia d'aconseguir malgrat tot el que volgués oposar-s'hi.

Sílvia, d'ençà de la sorpresa de veure Lluís Frederic, encara tenia la pell de gallina. Aquell Lluís Frederic obscur, enamorat del treball que en altre temps havia abandonat justament perquè era mancat de l'ambició d'ideals, perquè era mancat de tota passió per ella i per totes les altres coses, durant els anys que n'havia estat lluny, s'havia canviat en un altre Lluís Frederic. Les seves aventures a Barcelona, que l'obligaren a marxar-ne, li havien donat una popularitat que l'havia fet interessant davant seu. I més tard, quan la sensacional descoberta, als Estats Units, de la seva Oficina havia escampat a tots els vents la seva vida i miracles, convertí Picàbia en una mena d'heroi universal que el feia cobejable. Tota aquella obscuritat que empalagava a Sílvia s'havia convertit en una popularitat que li guanyava ara tota la seva admiració. I això, tanmateix, pesava molt, sobretot si es té en compte que Sílvia un dia havia estimat ardentment Lluís Frederic, i que simples raons de molt poc gruix la n'havien separada.

Per això quan, ara, entre la vida exòtica d'un país tan llunyà del seu, damunt els reflexos de l'aigua dels canals de Borneo, Lluís Frederic disparava apassionat totes les paraules que guardava de tants anys de no dir a ningú, Sílvia no podia sostreure's a la impressió arravatadora que fatalment exercien, i s'abandonava, no als mots del seu dolç amat, sinó a les seves carícies i a les seves besades, que trobava més apassionades que les que durant aquells tants anys havia enyorat en nits interminables.

Al capdavall, no havia trobat en el seu segon promès aquella passió, més que per amor s'havien promès ajuntar-se per simpatia, companys com eren de feia temps, i es respectaven mútuament d'una manera extraordinària.

¿És estrany, doncs, que, sota la influència de tantes raons com hi acompanyaven, aquells dos cors novament s'ajuntessin, posant punt final a unes vides passades i oferint-se la il·lusió d'un futur joiós, ple de xiscles estridents de la vida que s'inflava al seu davant, com un globus de mil colors que el vent s'enduu cel enllà, del qual ningú no fruirà el voluptuós desmai decisiu?

XXII

Tot feia creure que s'havia acabat benauradament per Picàbia aquella vida faceciosa que només havia produït que mal, i que un punt i a part li havia posat davant noves trajectòries damunt les quals s'escorreria segura la seva existència, com damunt riells els ferrocarrils inlassables.

Lluny del món, tancat en una mansió confortable que havia llogat als afores de Gènova, creia decididament haver realitzat l'ideal que altre temps el despacientava: dominar-ho tot, ésser l'àrbitre absolut de totes les coses, viure al marge del món, la seva vida l'única raó de viure. I encara amb un avantatge insospitat: sense orgull, sense cap vanitat triomfadora; més aviat trobava plaer en la humilitat que caracteritzava els seus actes. I tot, gràcies a Sílvia. Del seu retrobament, fantàsticament casual, en els canals de Borneo, havia vingut la resta. Una fàcil entesa, pel reviscolament de sentiments no prou apagats per no abrivar-se, lligà d'una manera indissoluble les seves vides i una benedicció a Sant Pere de Roma donà ocasió de lluir l'epístola de Sant Pau en una edició en paper verjurat d'Holanda.

Mentrestant, tres personatges, lluny de l'amorosa parella, encara tenien la boca badada: el promès de Sílvia, Miller i el General.

Però cap d'ells, quan llur boca reprengué definitivament l'actitud habitual, no volgué donar-se. I cadascú per la seva banda, Miller i Puh Nien-xà plegats, organitzaren una ofensiva desigual que infiltrava pesombres a Lluís Frederic i, una nit, una mica d'espant a Sílvia.

—¿Què tens, Lluís, aquesta nit? ¿Tens febre?

Però Lluís Frederic, desvetllant-se, somreia a la seva amada i l'acariciava llargament, lentament, tornant a apagar el llum elèctric que Sílvia havia encès neguitejada.

—No és res, estimada. Somniava, somniava encara coses pretèrites, indefinibles, coses impalpables, que sovint abans em turmentaven però que tu amb el teu alè has fet desaparèixer. ¿Veus? Ara mateix m'has cridat i la teva veu ha foragitat tots els pesombres que omplien aquesta cambra. I en lloc seu només hi ha l'aurèola del nostre amor immarcescible.

Deia, i encara els seus dits resseguien totes les flonjors del cos tebi de la muller adorada i els seus llavis cercaven la pau que només aquells altres havien sabut donar-li. Aquella nit la son trigà a tornar-los a prendre i en aquella simfonia de carícies mútues que l'amorós contacte multiplicava, Lluís Frederic féu un petit descobriment que el féu esclafir en una rialla serena, una rialla tota clara:

—¿Què és això, Sílvia? ¿Una berruga?

I reia descobrint en la cuixa de Sílvia una berruga que fins aquell moment li havia passat desapercebuda.

I aquell descobriment provocà uns encisos més impetuosos, havent arribat el neguit llur a un estat que només pot solucionar-se d'una sola manera, quan l'amor realment hi juga...

I l'amor realment no es cansava pas de jugar-hi. Feia tot l'efecte que l'amor estigués de vacances i s'entretingués únicament amb ells dos, als quals no deixava ni en forat ni en finestra. Si a la nit les carícies s'empalmaven, de dia els tells del jardí s'estremien d'enveja i els coixins de sofàs amplíssims amagaven la cara.

I quan l'aire de la mar els abellia, quan sortien de casa per sentir aquell aire arravatador que fa cantar els arbres dels jardins genovesos i prenien un d'aquells cotxes amb aquells cavalls i aquells cotxers (que enlloc més ja no tolerarien de treure dels museus), aleshores la claror del sol i la claror de la mar inflava els seus esguards i els donava nous delits per lliurar-se encara amb més fúria a les seves íntimes expansions de dolça follia.

Fins que el full del diminut calendari de la tauleta de Sílvia que anunciava una lluna nova caigué per terra i Picàbia, distret, el tirà a la panera.

L'ímpetu amorós d'aquella lluna que començava ¿estabilitzaria la passada ardència, o els guardava, altrament, sorpreses perilloses?

Això s'encarregava de resoldre-ho la doble personalitat, gairebé dos en un, de dos antics coneguts de tots plegats. Puh Nien-xà i Miller, que semblaven haver descobert la pedra filosofal que de temps cercaven i que, de la coberta del vaixell que els duia d'Oceania, tiraven joiosament als molls, entre cap i coll dels camàlics, el bagatge. De contents com baixaven l'escala, el General no s'adonà que hi havia un llistó fadigat i que segurament no voldria suportar la seva còrpora pesada, i de què si s'esmuny entre les aigües tèrboles i plenes d'ensiam del vell famós port del nord d'Itàlia.

Una estona més tard llur entrada a la «Villa Cesàrea», mansió de Picàbia, era rebuda amb afalacs i reverències. Quina alegria Picàbia no els mostrà, i quina sorpresa! Puh Nien-xà i Miller, arribant de manera tan inesperada, ompliren de joia Lluís Frederic, que els rebia com si rebés dos vells camarades d'infància. Els mesos que el separaven d'aquells dos companys li semblaven ara anys, segles, i els mirava com si no els hagués vist d'ençà que haguessin sortit de l'escola.

Compartiren l'esmorzar en família, i Sílvia mateixa no se'n sentia pas marrida; ans, segura del marit amorós, es complaïa a prodigar atencions als dos amics inseparables. Els quals no duien pressa, i accediren de bon grat a la invitació de Picàbia, que no calgué que fos massa insistent, a romandre uns quants dies sota la seva teulada.

I fou d'aquesta manera que de nou una tempestat es congriava. Puix que no trigà a venir l'instant que una conversa de sobretaula, quan Sílvia s'havia retirat a la seva cambra, féu renéixer records d'altre temps, amb narracions voluptuoses d'aventures comunes, quan el verb «perdre» era el mòbil de llurs vides.

—I ara, oh generós amic! —insinuà el General— ¿no heu perdut sinó l'odi, el menyspreu al sexe que tan abominàveu?

Picàbia aleshores es lliurà tendrament a lloar la seva joia. Mai no havia concebut la delícia que era crear-se una llar, dins la qual una doneta estimada en fos l'alegria. Quina sensació de benestar no sentia! Estimava Sílvia desesperadament, bojament, amb totes les seves forces. I ella així mateix li demostrava apassionadament com corresponia al seu ímpetu.

Però... d'una cosa en vingué una altra, i havia d'ésser Miller qui ingènuament (ingènuament hipòcrita) llancés el primer llamp entre els núvols de color de rosa d'aquell cel tan clar.

—¿Per què, per celebrar aquest retrobament, no organitzem un joc que ens faci reviure, enc que sia per un instant, uns dies que tanmateix ens pertanyen?

El General sacsejava en la dolça espera la seva panxa

i Lluís Frederic somreia a les paraules de Miller, que cuità d'afegir amb un somriure d'arcàngel:

—Se m'acudeix una idea que trobareu, n'estic segur, prodigiosa: podríem fer com si Picàbia perdés... Sílvia. Un gran cop de puny del General aprovant la gran idea rebotà dins el cervell de Picàbia, que no comprenia una absurda iniciativa parella.

Però, de seguida, el seu subconscient es deixà anar a les exclamacions i escarafalls de Puh Nien-xà, que aclamava Miller per una idea que qualificava de genial! És meravellós! El no hi ha més enllà! Fóra, aquesta petita facècia, un divertiment ple de delícies. Perdre Sílvia i aleshores, de seguida, això sí, és clar, trobar-la. Quina joia, quin goig per Picàbia, i per Sílvia mateixa, aquest retrobar-se de seguida! Però el joc devia consistir a donar-li l'aparença formal que ells no hi intervenien. Fer-se creure a ells mateixos, si de cas, que Sílvia s'havia perdut ben bé per casualitat...

—Vaja, vaja! Prou. No en parlem més —tallà Picàbia—. Ho trobo insensat. I no està bé d'exposar Sílvia a un joc nostre sense ella participar-hi. Si podíem dir-li-ho i volia seguir el joc, encara. Però fer-ho sense ella saber-ho...

—Però, car amic, és un joc tan innocent... La perdem a Gènova mateix, i aquí mateix tornem a trobar-la... Al capdavall això amenitzaria un xic aquesta vida pacífica que ens volta.

—No, no. No veig prudent exposar-nos a complicacions inesperades. Indiscutiblement la idea és òptima; però, ¿què voleu?, aquesta vegada no em tempta, i em penso que tot el que sigui tornar a temps benauradament resolts, no podrà mai més temptar-me.

XXIII

Però, efectivament, el llamp havia fet els seus efectes i, després d'una nit d'inquietuds, després d'una nit de tenir Sílvia a la mà, com si diguéssim, i de sentir la voluptuositat d'aquella possessió única i efectiva, la idea de lliurar-se al joc de trobar-se'n privat unes hores, uns dies, anà perfilant-se i tornant-se voluminosa, i, finalment, quan la dutxa del matí havia esclafat tota l'angúnia nocturna, Picàbia sortí de la cambra i esperà amb ànsia infinita l'hora del desdejuni, després del qual allargà un cigarret a Miller i, prenent-lo pel braç camí de les acàcies, li pregà de realitzar la seva «feliç» idea, a la qual no solament s'adheria, sinó que necessitava veure immediatament realitzada.

La trampa dels dos diables no podia haver estat més ben parada. Sílvia es perdé, sense que el seu marit sabés com, on i quan (que aquesta era la gràcia), i Picàbia experimentà una il·lusió d'infant així que li arribà la notícia tramesa per Miller:

—«Ja està.»

I, com els infants que juguen a «cuit», Picàbia de seguida començà aleshores a buscar «en terra i en cel» sense ningú, però, que pogués dir-li: «Ara et cremes», «ara et refredes» i esprement tots els procediments que altre temps havien estat infal·libles.

Passà un dia, passaren dos dies. Passà una setmana. I allò que començà per ésser un divertiment anava convertint-se en una cosa més seriosa. Si el primer dia reia sota els llençols, acariciant la gira amb les inicials brodades, i enfondint el nas i el rostre en el coixí d'*ella*, l'endemà només somrigué, i l'endemà passat ja sentí una punyida d'enyorança... I quan feia una setmana cridà Miller i el comminà, primer amistosament, després amb fúria, que li tornessin Sílvia.

Miller, però, aparentant un gran afecte, procurà de calmar-lo prometent-li que si ell en veritat no podia dir-li on era Sílvia, perquè no ho sabia, en canvi el General podria descobrir el seu amagatall i no hi havia com demanar-li-ho.

Però Puh Nien-xà no apareixia tampoc. I aleshores començà la tortura real de Picàbia. Mai com aquells dies no havia sabut com eren els sofriments, què era el que la gent entenia per «sofrir». I semblava que un mal fat es complagués a experimentar la seva terrible desgràcia. Es picava el pit d'haver caigut en la temptació de lliurar-se a un joc que encloïa tants de perills, i maleïa l'hora que Miller i el General havien travessat la porta de casa seva. Però, per més desgràcies, ara no podia tampoc prescindir d'ells. Ells eren justament els que sabien on havia estat perduda Sílvia i com podia trobar-se de nou. I era inútil de maleir-los si havia de recórrer-hi. Prou es feia creus d'haver cedit als seus plans criminals; però, ¿era culpable d'haver fet el que havia fet, si ell no era culpable de la idea? Si ell hagués tingut la idea diabòlica de perdre Sílvia, a ell solament podia culpar-se. Però si la idea fou exposada per algú, ¿podia haver obrat altrament? ¿Era humanament possible d'haver-la rebutjada? ¿No era humà que, una vegada apareguda la idea, ell s'hi lliurés, sense prou serenitat per copsar-ne la part malèfica? Les seves nits esdevenien cada vegada més terribles. No menjava, no dormia, no podia assossegar-se en tota la jornada. I aquesta mateixa nerviositat el privava d'actuar serenament, tal com l'afer implicava.

Intercedí prop de les autoritats genoveses, a risc de descobrir la seva autèntica personalitat, que si arribava a conèixer-se agreujava amb això el seu problema. Anava com un foll de l'un poble a l'altre, i amenaçà sovint Miller, que, no tenint la més petita por per la seva banda, es jugava la darrera carta damunt la vida de la seva presa.

I el General sense aparèixer. Picàbia temia més per Sílvia que no pas per estar-ne separat. Temia que li hagués passat alguna cosa desagradable, tràgica, i amb aquestes temences i un estat fisiològic desequilibrat com el que tenia, qualsevol hauria endevinat que s'agreujava la seva vida, ja prou trasbalsada en tots aquells anys d'aventures.

Fins que Miller el tranquil·litzà, una tarda que el neguit de Picàbia s'havia convertit en aclaparadora tristesa: Sílvia, la *seva* Sílvia, havia estat trobada no gaire lluny de Gènova, desmaiada al cementiri de Pisa. I no trigaria a ésser conduïda a casa seva, com efectivament s'esdevingué, no sense que Picàbia sofrís una nova crisi nerviosa temible.

Lluís Frederic no volgué escoltar tan sols les explicacions que volia donar-li Puh Nien-xà quan arribà acompanyant-la. L'arrabassà del General i, a ell i a Miller, els tragué tots dos de casa. Amb Sílvia als braços, es precipità a la seva cambra i l'omplí de besades. Sílvia estava més pàl·lida, tenia el rostre visiblement més apagat, ni els ulls li brillaven com sempre ni la seva veu era tan dolça. Li prodigà totes les carícies suaus que sabia, li endolcí les orelles amb mots de passió sensual continguda tots aquells dies, i no se sabé estar d'assajar de lliurar-s'hi.

Però Sílvia rebutjà amb tendresa l'amorós convit. Al·legà l'emoció que sofria, la fadiga del viatge ràpid, el tremolor de retrobar-se sana i salvada als braços de l'espòs amat.

Lluís no es cansà de besar-la, s'esmerçà estratègicament a excitar-la per intentar d'infiltrar-li la passió que aleshores l'omplia, fins que, oblidant l'hora de sopar, donà un volt a la clau de la cambra, i aviat hi hagueren escampades damunt els mobles, sense ordre ni cura, una pila de peces de roba.

Si semblava sufocada la desgràcia, no trigà d'aparèixer la tragèdia: l'endemà, Lluís Frederic, després d'un sens fi de petites tremolors, descobrí que *aquella* Sílvia no era la seva, i que una altra *Sílvia* havia profanat llur cambra nupcial.

XXIV

No en va arribaren tan contents Miller i el General Puh Nien-xà a Gènova, si sabien per endavant que estaven a punt de guanyar la batalla definitiva, que havia de proporcionar-los, amb la victòria, l'aconseguiment de llurs desigs de tant de temps criats.

I no podia sortir-los més planerament l'execució de llur criminal projecte. Unes setmanes bastaren perquè Picàbia enfollís d'una manera absoluta a causa de les Sílvies trobades que no eren la seva, la qual els dos brètols tenien ben guardada en un lloc prou segur per no témer de veure llur pla fallit. La tàctica de trobar-se una Sílvia darrera l'altra, cada vegada que el desengany convencia Picàbia que tampoc havia trobat la Sílvia seva, no podia reeixir millor. Feien anar de l'una banda a l'altra el pobre Lluís Frederic, el qual aviat hagué recorregut els més diversos pobles i les més allunyades contrades. Tan aviat rebia un avís de La Haia com en rebia de Belgrad. I el seu grotesc romiatge no feia sinó menjar-se'l de viu en viu.

Li calgué avesar-se a descobrir que no era la seva muller cada nova Sílvia, per petits detalls que escapaven als promotors d'aquella maquiavèlica aventura: una dent d'or que la Sílvia postissa no tenia; un forat de l'orella esquerra tapat, que la seva muller tenia obert; la berruga que una nit feliç havia descobert a la cuixa de la seva benamada; el tic de fregar-se una pestanya al qual sovint era Sílvia lliurada; tots aquests records de la seva muller apareixien ara amb una claredat a la memòria de Lluís

Frederic, que el feien barroer amb cada una de les noves dames perdudes i descobertes. I cada vegada era més difícil aquest destriament, puix cada vegada posaven més cura Miller i el General a instruir la Sílvia que havia de perdre's i trobar-se.

Sovint s'esqueia que Picàbia havia de recórrer a procediments poc habituals en ell, que no era expert en galanteria, per aconseguir que la Sílvia inèdita cedís als seus desigs amorosos (?) per tal de poder assegurar-se, en la dolça intimitat de les alcoves, de si a la fi era la seva dona autèntica. Era insensat, cada vegada que trobava Sílvia (puix aparentment no podia dubtar-ne de tant que s'hi assemblaven), de forçar-la a un examen impertinent i impúdic, i aquest esforç, al qual li calgué sotmetre's durant aquelles setmanes, llançà Lluís Frederic, en definitiva, a un estat lamentable. Aleshores començà a veure les coses des d'un altre punt d'albir: ja no era la follia de retrobar la seva dona per trobar-la a ella, per a ell. Sinó que guanyava interès dintre seu aconseguir desfer aquell joc. Posava més interès a descobrir l'aventura que a descobrir la seva Sílvia. Volia tornar a guanyar els èxits d'altre temps. Volia saber-se triomfador damunt tot el que l'empenyia a tants de fracassos: volia trobar la Sílvia perduda per trobar-la, simplement. Per saber-se triomfador, només. Ara tant se li'n donava ja de tornar a posseir la *seva* dona. Ara volia descobrir-la. I era que Picàbia, efectivament, anava per camí de perdre's.

I això ho confirmà el fet que es produí en complicar-se en aquesta devallada moral de Lluís Frederic el promès de Sílvia, que havia conegut Picàbia a Borneo, el qual en assabentar-se del fet criminal d'haver-se perdut Sílvia es lliurà a la seva recerca, valent-se de tota la seva astúcia i de tots els recursos que la seva fortuna i les seves amistats podien servir-li. Féu vigilar Miller de prop, féu seguir el General sense intentar d'apressar-los, tement que això fes impossible de saber mai més res de Sílvia, i, a la fi, trobà la pista de la seva reclusió, i, aprofitant una absència momentània d'aquells dos diables guardians d'En Picàbia, aconseguí apoderar-se de Sílvia, salvant-la de la presó confortable on l'havien segrestada.

Sílvia, però, no accedí a les súpliques del seu ex-promès, que li pregava d'oblidar Lluís Frederic explicant-li l'estat lamentable al qual havia arribat i afirmant-li que era per culpa d'ell que havia estat tot aquell temps reclusa, puix que havia partit de Picàbia la iniciativa. Li volgué fer veure que Lluís Frederic no l'havia estimada, sinó que l'únic amor seu era l'aventura, i que el casament amb ella només havia servit de pausa entre una follia i una altra. Li contà com Picàbia havia deshonrat llur cambra nupcial, llur llit d'amor, i de com era incapaç de saber mai més reconèixer-la. Suplicà a Sílvia que oblidés aquell home, per molt que l'hagués estimat, i, que si no accedia a ésser seva tampoc, que fugís del camí de Picàbia i almenys no s'exposaria a compartir la seva desventura.

Però l'amor bé deu pesar una mica en les nostres vides, i no podia pas eclipsar-se per uns raonaments, assenyats i tot, però que no tenien major força que l'ímpetu apassionat d'una dona amorosa, d'una dona que s'havia lliurat amb tota l'ànima a l'estimat i a la qual l'estimat havia correspost amb el mateix entusiasme. I no solament pregà, sinó que aconseguí del seu amic de dur-la a Lluís Frederic, al qual estava segura que podria salvar encara i que amb la seva sola presència el calmaria i el tornaria a la vida plàcida, tranquil·la, amarada de suavitats i tendresa, tal com havien viscut en aquella «Villa Cesàrea» que mai més no se'ls esborraria de la memòria.

I trobaren Picàbia a París. Feia un mes que Lluís Frederic s'havia installat en un Hotel pròxim als grans boulevards i com un illuminat es passava els dies en cogitacions fosques a la seva cambra i llargues estones deambulava per les principals vies parisenques com si cerqués entre la multitud un esguard de claror inequívoca, un rostre revelador, un pas que el tragués d'aquell infern que el cremava. Ara ja no defugia les ombres malèfiques de Puh Nien-xà ni de Miller, que estaven constantment a l'aguait com dos gossos esperant la presa que va ferida i està a punt de caure en els darrers tomballons. De vegades tots tres perseguien una noia qualsevol a través de carrerons fins que comprovaven que no era *ella*. De vegades Picàbia promovia fantàstiques escenes d'escàndol increpant com un orat els seus dos acompanyants en qualsevol cafè o en qualsevol cau infecte.

I un dia, un dia que justament un escàndol d'aquells havia trastornat la raó de Picàbia, en entrar a l'Hotel l'advertiren que una dama l'esperava. Sense respondre, pujà a la seva cambra, i una estona més tard li repetiren el mateix avís a la seva porta. El mateix cas obtingué aquesta nova advertència, i fou aleshores que Sílvia, decidida a tot, pujà ella mateixa i trucà a la porta de Picàbia. La indiferència del qual la decidí a empènyer i a entrar, disposada a dominar-lo.

XXV

Una petita cambra d'hotel de segon ordre fou l'únic testimoni d'aquesta escena emocionant. Un llit, massa ample per dormir-hi sol i una mica estret per dues persones; un armari mirall amb símptomes remots d'una verola groga, una ampla catifa de tons violents, un escalfapanxes inútil, i un lavabo amb aixetes niquelades. Un cadiral, dues cadires, una finestra amb persianes de fusta i una cortina a l'interior encastada a unes argolles de llautó, grosses i boterudes. Aquella cambra, sola, sense Picàbia, ja hauria estat prou per endevinar com havia acabat l'opulència d'aquell heroi d'un temps. De la seva mansió pairal a Barcelona, a la seva oficina meravellosa de Nova York, passant del Palau del primer ministre de Suècia i per la seva «Villa» de Gènova, fins arribar a aquella trista cambra, que donava al celobert d'un hotel del carrer d'Hauteville de París, hi havia evidentment un món de distància.

Quan Sílvia hi entrà, s'adonà més aviat de tot allò que de Lluís Frederic, que estava estès damunt el llit de panxa en l'aire, els braços deixats anar damunt els llençols, talment com si fos mort o com si un son profund el retingués absent de totes les coses.

Sílvia, instintivament, reculà una passa i tornà a prendre el pom de la porta, però aviat en desistí; avançà cap a la finestra i l'obrí una mica per fer sortir aquell baf que fan les cambres d'hotel quan fa massa estona que són tancades. Es llevà el capell, es tragué els guants i poc a poc anà vers Lluís Frederic, al qual inspeccionà llargament abans de decidir-se a despertar-lo. Comprovà, una mica esverada, que tenia el rostre desconegut. Senyals de dolor inequívoc li havien contret la cara, i uns solcs profunds als pòmuls i al costat del nas li donaven un aspecte més que trist, tètric. S'hauria dit que era el vici i no el dolor qui havia fet presa del seu amat. Les robes que el vestien revelaven un descurament absolut. I es preveia un cos balder dintre aquelles fundes.

Sílvia, visiblement emocionada, s'atansà més a Lluís Frederic i, posant-li una mà a la galta, el cridà:

—Lluís!

D'un bot s'aixecà dret, com atret per un imant invisible i misteriós; però, en veure Sílvia, de seguida perdé aquell impuls estrany que l'havia fet moure. La mirà indolent i es repenjà al llit tot passant-se una mà pel front.

—¿Què vols? ¿Qui ets?

Sílvia sentí que el seu cor s'esmicolava.

—Lluís! —insistí encara.

Però fou inútil. No la coneixia. N'havia vistes tantes, de Sílvies! ¿Per què l'havia, doncs, de conèixer? Sense tornar a mirar-la trontollà unes passes per la cambra, i es deixà anar com un sac al cadiral que era enfarfegat de roba en desordre.

Sílvia es tragué l'abric i insistí encara:

—Lluís, sóc jo. Sílvia. Sóc Sílvia. SÍLVIA!

Però Lluís Frederic la rebutjà ara ja, amb una mà barroera.

—Vés-te'n. Totes sou Sílvies. Totes. Tant se me'n dóna.

Sílvia no esperava trobar el seu marit abatut d'aquella manera. Confiava en quelcom que no sabia el que era, confiava en si mateixa, confiava que hi hauria alguna cosa que faria el miracle. Però davant d'En Picàbia sentia que la seva carn s'esgarrifava i que tota ella era presa d'un tremolor fred. I aquell mateix tremolor no la deixava partir. Encara intentà d'acostar-se a Lluís Frederic, acariciant-lo, ordenant-li els cabells, arreglant-li la corbata, doblegant-li bé les puntes del coll desplanxades. L'amansí, l'amorosí una mica, sentí que una gran roentor li bullia al front i es convencé que Lluís Frederic estava devorat per la febre. Volia persuadir-lo de ficar-se al llit, el pregà de creure-la, puix que era ella la seva muller veritable...

Lluís Frederic prengué Sílvia entre les seves mans, li mirà pregonament els ulls, palpà les seves galtes i els seus muscles, la mirà de dalt a baix i, decebut, exclamà:

—No, tampoc l'ets, tu.

Però no era cosa de cedir, tanmateix la fúria dels primers instants havia estat aturada. Suplicà de nou, se li assegué a la falda, li amoixà el rostre, li posà dolçament un bes al mig dels llavis...

—¿Qui ets tu?

—Sílvia, Lluís. Sóc Sílvia. Creu-ho!

—¿Per què m'has besat?

—¿Per què no vols recordar-me? ¿No em coneixes per les meves besades? (I tornà a besar-lo.) ¿No em coneixes? (I encara el besava.) ¿Ni ara?... ¿Ni ara?...

¿Quina tràgica sensació degueren fer a aquella desferra humana aquelles flonges carícies, que el moguessin a respondre d'una manera tan aspra? Prengué Sílvia per les espatlles, i amb unes mans materialment crispades li estripà la roba, esgüellant, i l'estrenyé damunt seu amb una fúria salvatge. Sílvia sentí per un moment la fugacitat de la tragèdia. Però no resistí. I Lluís Frederic, no deixant la presa, la rebolcà damunt el llit, sortint-li baves dels ulls com volves compactes, talment com si fossin les llàgrimes que havia anat guardant...

Sílvia sentí el xoc del front de Lluís Frederic contra el seu front, i sentí com els seus muscles es doblegaven sota la pressió d'unes manasses que l'oprimien, un dolor molt fort li blincà el cos damunt els llençols i experimentà la sensació que perdia el món de vista, com si la seva sang li embussés la gorja: Lluís Frederic li arrabassà els vestits i féu un crit que la tornà al món: els dits de Picàbia havien trobat una petita nosa en la cuixa de Sílvia!

—És ella!

I obrí els ulls que semblaven que haguessin d'esquinçar-se.

—És ella!

I s'hi llançà com una fera, a mossegades, no deixant-la moure sota els seus braços folls, i llançant crits salvatges.

Sílvia perdé el coneixement, i aviat la blancor dels llençols fou esquitxada de sang, les dents de Lluís Frederic arrencant-la d'aquell cos flongíssim...

Quan el servei de l'hotel entrà a la cambra, l'esglai de veure aquella terrible escena fou més fort que l'esperit, i Lluís Frederic com un orangutà ferotge els saltà damunt fent-se escàpol.

XXVI

Havia arribat l'hora d'En Miller. I si no l'aprofitaven amb Puh Nien-xà, mai més no trobarien una ocasió tan propícia.

I així fou que plantejaren a Lluís Frederic, no revingut encara de l'emoció acabada de rebre, la seva salvació heroica: mai ningú no podria vanagloriar-se d'haver dut a la pràctica una idea tan gran.

Es tractava que Picàbia, Lluís Frederic Picàbia, es perdés. Que ell mateix desaparegués d'ell mateix. És a dir: perdre's. I això, si era difícil que ell ho realitzés tot sol, no ho era tant ajudat per bons camarades.

I Lluís Frederic, en l'estat que es trobava, cregué que era aquella, realment, la seva única salvació: Perdre's! PERDRE'S!

—Però amb una condició: que ningú mai més em trobi!

I aleshores es forjà el projecte. Que no fou gaire laboriós, donada la pràctica que entre tots ja tenien: únicament calgué dissaudir sovint Lluís Frederic d'algunes suggestions que feia, empès per la riuada de contradiccions internes que el trasbalsaven.

Miller i el General s'admiraren d'haver trobat una definitiva solució a les seves aspiracions de tant de temps covades: i s'afanyaren a organitzar la pèrdua més sensacional de llur vida. Es tancaren, de moment, amb Picàbia, en una casa de Saint-Germain on romangueren prop d'una setmana, i allí convingueren tot el pla a seguir i determinaren tots els detalls de la darrera aventura, i, quan no els quedà cap fil per lligar, l'exposaren a Lluís Frederic, al qual no costà ni mitja hora de convèncer.

—És indispensable que el primer que feu sigui posar la signatura en aquesta acta de donació, a nom nostre, de tots els béns que us resten, puix que, altrament, per aquest cantó fóra segur que algú cercaria de trobar-vos. Es tracta, si persistiu a perdre-us i que ningú mai més no us trobi, que no hi hagi ningú interessat a buscar-vos, i és evident que si deixeu capital o béns, algú, sols sigui per això, intentarà de trobar-vos.

És indispensable que sortiu d'aquí vestit miserablement, sense afaitar, i que trigueu a afaitar-vos si no voleu que...

És indispensable que accediu que us duguem en una ciutat que no conegueu i on ningú us conegui si no voleu que...

És indispensable que...

La tècnica de perdre havia arribat a poder fer aquell prodigi. I Picàbia, en el fons del seu desequilibri, experimentava encara una sensació de joia ultra-sensible en veure fugaçment la pròpia victòria sobre si mateix, ideal de tota la seva vida.

I fou així que, un dia, arribava a Buenos Aires, duent les maletes de Puh Nien-xà i d'En Miller, el malaurat Lluís Frederic; al qual abandonaren en la porta d'un cinema a l'hora que una avalanxa de gent en sortia.

Brut, estripat, i amb cinc «pesos» a la butxaca, fou empès per aquella multitud, d'entre la qual algú li posà a les mans alguna moneda que reboté amb dignitat per terra. Però que l'obsessió, encara, que algú endevinés qui era, el féu ajupir ràpidament per a aplegar-la.

Aquell dia no menjà. I, malgrat d'haver voltat tota la

jornada, no trobà enlloc cap cara coneguda. Finalment potser encara triomfaria!

S'havia perdut! ¿On era? ¿Per quan? ¿D'on venia? ¿On anava?

D'aleshores ençà, Llus Frederic Picàbia, l'home que es va perdre, ha voltat mil pobles i ha travessat encara dotzenes de vegades les mars i les muntanyes.

I tots segurament l'hem trobat una hora o altra. ¿No recordeu, potser en aquella excursió a la Costa Blava, un home sol, espellifat, que travessà la platja i que miràreu amb mals ulls, tement-lo?

¿No recordeu, potser en aquella ascensió a la Maladeta, que trobàreu sobtadament, fent les feines darrera una roca, un pobre vell, trist, que us mirà amb uns ulls d'una vivor especial?

¿No recordeu haver observat amb pena profunda, en un dels vostres viatges per mar, aquell repatriat que dormia a coberta, ran d'un munt de dones, esgratinyant-se el clatell ple de borra?

¿No recordeu, en fi, a través de mil ciutats que tots heu visitat, haver passat pel davant vostre, com una sageta, entre les multituds de les grans vies, dels boulevards atapeïts, de les places amplíssimes, dels carrers obscurs, de les rambles alegres, aquest Lluís Frederic Picàbia, perdut entre la gentada, entre la immensitat del poble, brut, fet un parrac, fet una despulla humana, al qual qui sap si la pietat haurà fet que acostéssiu sovint la mà enguantada, intentant d'allargar-li la vida perquè acabés de glopejar la seva enorme victòria?

Nota en forma d'epíleg

No voldria cloure aquestes pàgines sense fer una confessió al lector. Una confessió que si no la fes potser em faria mal a dintre. I més val que tots plegats anem bé.

I és: que tot el que he relatat anteriorment, tota la història d'aquest home que es va perdre, és absolutament autèntica. És allò que podríem dir-ne literalment cert. Jo ja sé que molts no s'ho creuran. Però em feia l'efecte que, malgrat d'això, no estava bé que jo em callés aquesta explicació.

Només he canviat, per pudícia, els noms dels protagonistes i dels pobles europeus que hi surten. Però la resta és la veritat pura. I tinc totes les proves a punt per convèncer-ne el lector més escèptic. Puc provar-li amb documents a la mà l'existència de l'home que es va perdre, la del General, la dels canals de Borneo i del rei de Suècia, i tot el que vulgui que li provi. Per tant, pot dir-se que es tracta, no d'una novel·la fantàstica, sinó, ben lluny d'això, d'una novel·la de la vida real. No he fet sinó relatar veritats i més encara n'hi hauria afegit si no hagués estat que ja en tenia prou i que no defujo de guardar-les per un altre dia que se m'ocorri continuar explicant-vos com han acabat tots els bons senyors i senyores que han quedat penjats ara com ara.

Feta aquesta confessió, estic tranquil i respiro.